ALMANACH

POUR L'AN 1808,

5e. DE L'EMPIRE FRANÇAIS.

ÉCLIPSES.

Le 10 Mai, Éclipse de lune, invisible à Paris.

Le 24 Mai, Eclipse de soleil, invisible à Paris. Elle ne sera visible qu'à la pointe d'Afrique, et sera peu considérable.

Le 19 Octobre, Eclipse de soleil, invisible à Paris, plus petite que la précédente : visible vers le pôle austral.

Le 3 Novembre, Eclipse de lune, dont le commencement sera visible à Paris, à 6 heures 44 minutes du matin.

Le 18 Novembre, Eclipse de soleil, invisible à Paris. Elle sera visible dans la Tartarie et à la Chine.

FÊTES MOBILES.

La Septuagésime, le 14 Février.
Les Cendres, le 2 Mars.
Pâques, le 17 Avril.
Les Rogations, les 23, 24 et 25 Mai.
L'Ascension, le 26 Mai.
La Pentecôte, le 5 Juin.
La Trinité, le 12 Juin.
La Fête-Dieu, le 16 Juin.
L'Avent, le 27 Novembre.

QUATRE-TEMPS.

Le 9 Mars.   Le 21 Septembre.
Le 8 Juin.   Le 14 Décembre.

ÉPOQUES.

Année de la période Julienne. 6521
   depuis le Déluge universel. . . . 4155
   depuis la prem. Olymp. d'Iphitus. 2582
   depuis la fondation de Rome,
      selon Varron. 2561
   de l'époque de Nabonassar. . . . 2555
   de l'ère chrétienne. 1808
   De l'hégire, ou époque des Turcs. 1187

COMPUT ECCLÉSIASTIQUE.

Nombre d'or. . . . 4   Lettre dominicale. . C B.
Cycle solaire. . . . 25   Indiction romaine. . 11
Epacte. III

SAISONS.

Le Printemps, le 20 Mars. L'Autom., le 22 Septemb.
L'Eté, le 21 Juin.   L'Hiver, le 21 Décembre.

ALMANACH-TABLETTES

OU

CALENDRIER ÉPHÉMÉRIDE

POUR L'ANNÉE 1808;

Contenant les grands Évènements qui se sont succédés depuis 1787 jusqu'à 1808, chaque fait classé par ordre de date et de jour.

PAR LOUIS-ANGE PITOU,

dit *le Chanteur*, auteur du Voyage à Cayenne.

Jadis j'ai vendu des chansons
et d'excellentes aventures.

PRIX

L'Almanach, ou le Chansonnier. . . 1 fr. chacun.
Les deux réunis. . . . . 1 fr. 80 c.

PARIS,

Chez **L. A. PITOU**, libraire, rue Croix-des-Petits ; Champs, n°. 21, près celle du Bouloy.

DE L'IMPRIMERIE DES FRÈRES MAME,
rue du Pot-de-Fer, n. 14.

1808.

ON TROUVE A LA MÊME ADRESSE :

Voyage à Cayenne, dans les deux Amériques et chez les Anthropophages ; ouvrage orné de gravures, contenant le tableau général des déportés, la vie et les causes de l'exil de l'auteur, des notions sur Collot-d'Herbois et Billaud-de-Varennes, sur les îles Séchelles, etc., 2 volumes in-8. de 400 pages chacun, seconde édition. Prix, 7 fr. 50 cent. pour Paris.

<table>
<tr><td colspan="3">JANVIER.
Prem. quart., le 5 soir.
Pleine lune, le 13 soir.
Dern. quart., le 20 m.
Nouv. lune, le 27 soir.</td><td colspan="3">FÉVRIER.
Prem. quart., le 4 soir.
Pleine lune, le 12 mat.
Dern. quart., le 18 soir.
Nouv. lune, le 26 mat.</td></tr>
<tr><td>1</td><td>vend</td><td>la Circonc.</td><td>1</td><td>lundi</td><td>s. Ignace</td></tr>
<tr><td>2</td><td>sam.</td><td>s. Basile.</td><td>2</td><td>mard</td><td>Purificatio.</td></tr>
<tr><td>3</td><td>D.</td><td>ste Geneviè</td><td>3</td><td>merc</td><td>s. Blaise</td></tr>
<tr><td>4</td><td>lundi</td><td>s. Rigobert</td><td>4</td><td>jeud.</td><td>s. Philéas</td></tr>
<tr><td>5</td><td>mar.</td><td>s. Siméon</td><td>5</td><td>vend.</td><td>ste Agathe</td></tr>
<tr><td>6</td><td>merc</td><td>l'Epiphan.</td><td>6</td><td>sam.</td><td>s. Vast</td></tr>
<tr><td>7</td><td>jeudi</td><td>s. Théan</td><td>7</td><td>5 D.</td><td>s. Romuald</td></tr>
<tr><td>8</td><td>vend</td><td>s. Lucien</td><td>8</td><td>lundi</td><td>s. Jean de M.</td></tr>
<tr><td>9</td><td>sam.</td><td>s. Pierre év.</td><td>9</td><td>mard</td><td>ste Apolline</td></tr>
<tr><td>10</td><td>1 D.</td><td>s. Paul.</td><td>10</td><td>merc</td><td>ste Scholast.</td></tr>
<tr><td>11</td><td>lundi</td><td>s. Théodose</td><td>11</td><td>jeudi</td><td>s. Severin</td></tr>
<tr><td>12</td><td>mard</td><td>s. Arcade</td><td>12</td><td>vend</td><td>ste Eulalie</td></tr>
<tr><td>13</td><td>merc</td><td>Bapt. de N.</td><td>13</td><td>sam.</td><td>s. Lezin</td></tr>
<tr><td>14</td><td>jeudi</td><td>s. Hilaire do.</td><td>14</td><td>D.</td><td>Septuagés.</td></tr>
<tr><td>15</td><td>vend</td><td>s. Maur.</td><td>15</td><td>lund</td><td>s. Faustin.</td></tr>
<tr><td>16</td><td>sam.</td><td>s. Guillaum</td><td>16</td><td>mard</td><td>ste Julienne</td></tr>
<tr><td>17</td><td>2 D.</td><td>s. Antoine</td><td>17</td><td>merc</td><td>s. Sylvain.</td></tr>
<tr><td>18</td><td>lundi</td><td>ch. s. P. à R.</td><td>18</td><td>jeud.</td><td>s. Siméon</td></tr>
<tr><td>19</td><td>mard</td><td>s. Sulpice</td><td>19</td><td>vend</td><td>s. Baradat</td></tr>
<tr><td>20</td><td>merc</td><td>s. Sébastien</td><td>20</td><td>sam.</td><td>s. Eucher.</td></tr>
<tr><td>21</td><td>jeudi</td><td>ste Agnès</td><td>21</td><td>D.</td><td>Sexagésime</td></tr>
<tr><td>22</td><td>vend</td><td>s. Vincent.</td><td>22</td><td>lundi</td><td>ste Isabelle</td></tr>
<tr><td>23</td><td>sam.</td><td>s. Ildefonse</td><td>23</td><td>mard</td><td>ste Milbur.</td></tr>
<tr><td>24</td><td>3 D.</td><td>s. Babilas</td><td>24</td><td>merc</td><td>s. Prétext</td></tr>
<tr><td>25</td><td>lundi</td><td>convers. s. P</td><td>25</td><td>jeudi</td><td>s. Mathias</td></tr>
<tr><td>26</td><td>mard</td><td>ste Paule, v.</td><td>26</td><td>vend</td><td>s. Taraise</td></tr>
<tr><td>27</td><td>merc</td><td>s. Julien</td><td>27</td><td>sam.</td><td>s. Nestor</td></tr>
<tr><td>28</td><td>jeudi</td><td>s. Cyrille</td><td>28</td><td>D.</td><td>Quinquagé.</td></tr>
<tr><td>29</td><td>vend</td><td>s. Fr. de S.</td><td>29</td><td>lundi</td><td>s. Romain.</td></tr>
<tr><td>30</td><td>sam.</td><td>ste Bathilde</td><td></td><td></td><td></td></tr>
<tr><td>31</td><td>4 D.</td><td>ste Marcelle</td><td></td><td></td><td></td></tr>
</table>

<table>
<tr><td colspan="3">MARS.</td><td colspan="3">AVRIL.</td></tr>
<tr><td colspan="3">Prem. quart. , le 5 soir.</td><td colspan="3">Prem. quart. , le 4 mat.</td></tr>
<tr><td colspan="3">Pleine lune , le 12 soir.</td><td colspan="3">Pleine lune , le 10 soir.</td></tr>
<tr><td colspan="3">Dern. quart. , le 19 mat.</td><td colspan="3">Dern. quart. , le 17 soir.</td></tr>
<tr><td colspan="3">Nouv. lune, le 27 mat.</td><td colspan="3">Nouv. lune , le 25 soir.</td></tr>
<tr><td>1</td><td>mard</td><td>s. Aubin, é.</td><td>1</td><td>vend</td><td>s. Hugues</td></tr>
<tr><td>2</td><td>merc</td><td>Cendres.</td><td>2</td><td>sam.</td><td>s. Franç. P.</td></tr>
<tr><td>3</td><td>jeudi</td><td>ste Cunégo.</td><td>3</td><td>5 D.</td><td>Passion</td></tr>
<tr><td>4</td><td>vend</td><td>s. Casimir.</td><td>4</td><td>lundi</td><td>s. Ambroise</td></tr>
<tr><td>5</td><td>sam.</td><td>s. Drausin</td><td>5</td><td>mard</td><td>s. Vincent</td></tr>
<tr><td>6</td><td>1 D.</td><td>Quadragés.</td><td>6</td><td>merc</td><td>s. Prudent, é</td></tr>
<tr><td>7</td><td>lundi</td><td>ste Perpétue</td><td>7</td><td>jeudi</td><td>s. Hégésipe</td></tr>
<tr><td>8</td><td>mard</td><td>s. Jean de D.</td><td>8</td><td>vend</td><td>s. Gaultier</td></tr>
<tr><td>9</td><td>merc</td><td>4 Temps.</td><td>9</td><td>sam.</td><td>ste Marie ég.</td></tr>
<tr><td>10</td><td>jeudi</td><td>40 Martyrs</td><td>10</td><td>6 D.</td><td>Rameaux</td></tr>
<tr><td>11</td><td>vend</td><td>s. Pol, évè.</td><td>11</td><td>lundi</td><td>s. Léon pap.</td></tr>
<tr><td>12</td><td>sam.</td><td>Reminisc.</td><td>12</td><td>mard</td><td>s. Jules pap.</td></tr>
<tr><td>13</td><td>2 D.</td><td>s. Attalet</td><td>13</td><td>merc</td><td>s. Justin</td></tr>
<tr><td>14</td><td>lundi</td><td>s. Lubin.</td><td>14</td><td>jeudi</td><td>s. Tiburce.</td></tr>
<tr><td>15</td><td>mard</td><td>s. Longin</td><td>15</td><td>vend</td><td>Vendredi s.</td></tr>
<tr><td>16</td><td>merc</td><td>s. Abraham</td><td>16</td><td>sam.</td><td>s. Druon.</td></tr>
<tr><td>17</td><td>jeudi</td><td>ste Gertrud</td><td>17</td><td>D.</td><td>PASQUES.</td></tr>
<tr><td>18</td><td>vend</td><td>s. Alexandr.</td><td>18</td><td>lundi</td><td>s. Parfait</td></tr>
<tr><td>19</td><td>sam.</td><td>s. Joseph.</td><td>19</td><td>mard</td><td>s. Elphege</td></tr>
<tr><td>20</td><td>3 D.</td><td>Oculi</td><td>20</td><td>merc</td><td>s. Hildegon</td></tr>
<tr><td>21</td><td>lundi</td><td>s. Benoît.</td><td>21</td><td>jeudi</td><td>s. Anselme</td></tr>
<tr><td>22</td><td>mard</td><td>s. Paul, év.</td><td>22</td><td>vend</td><td>ste Opportu.</td></tr>
<tr><td>23</td><td>merc</td><td>s. Victorien</td><td>23</td><td>sam.</td><td>s. Georges.</td></tr>
<tr><td>24</td><td>jeudi</td><td>s. Gabriel</td><td>24</td><td>1 D.</td><td>Quasimodo</td></tr>
<tr><td>25</td><td>vend</td><td>Annoncia.</td><td>25</td><td>lundi</td><td>s. Marc , év.</td></tr>
<tr><td>26</td><td>sam.</td><td>s. Ludger</td><td>26</td><td>mard</td><td>s. Clet, pap.</td></tr>
<tr><td>27</td><td>4 D.</td><td>Lætare</td><td>27</td><td>merc</td><td>s. Polycarpe</td></tr>
<tr><td>28</td><td>lundi</td><td>s. Gontran</td><td>28</td><td>jeudi</td><td>s. Vital</td></tr>
<tr><td>29</td><td>mard</td><td>s. Eustase</td><td>29</td><td>vend</td><td>s. Robert</td></tr>
<tr><td>30</td><td>merc</td><td>s. Rieul</td><td>30</td><td>sam.</td><td>s. Eutrope</td></tr>
<tr><td>31</td><td>jeudi</td><td>s. Acace</td><td></td><td></td><td></td></tr>
</table>

MAI.			JUIN.		
Prem. quart. , le 3 mat.			Prem. quart. , le 2 mat.		
Pleine lune , le 10 mat.			Pleine lune , le 8 soir.		
Dern. quart. , le 17 mat.			Dern. quart. , le 15 soir.		
Nouv. lune , le 25 mat.			Nouv. lune , le 24 mat.		
1	2 D.	s. Phi. s. Jac.	1	merc	s. Pamphile
2	lundi	s. Athanase	2	jeudi	s. Pothin
3	mard	Inv. de la Cr.	3	vend	ste Clotilde
4	merc	ste Monique	4	sam.	s. Optat.
5	jeudi	conv. s. Aug.	5	D.	PENTECO.
6	vend	s. Jean p. lat	6	lundi	s. Claude
7	sam.	s. Stanislas	7	mard	s. Médard
8	3 D.	s. Désiré.	8	merc	4 *Temps*
9	lundi	s. Greg. Naz	9	jeudi	ste Pélagie
10	mard	s. Gordien	10	vend	s. Landry
11	merc	s. Mamert	11	sam.	s. Barnabé
12	jeudi	s. Epiphane	12	1 D.	*la Trinité*
13	vend	s. Servais	13	lundi	s. Ant. de P.
14	sam.	s. Pacôme	14	mard	s. Rufin
15	4 D.	s. Isidore	15	merc	s. Modeste
16	lundi	s. Honoré	16	jeudi	*Fête-Dieu*
17	mard	s. Paschal	17	vend	s. Avit, prêt
18	merc	s. Eric.	18	sam.	ste Marine
19	jeudi	s. Yves	19	2 D.	s. Gervais
20	vend	s. Bernardin	20	lundi	s. Adalbert
21	sam.	s. Hospice	21	mard	s. Leufroi
22	5 D.	ste Julie	22	merc	s. Paulin.
23	lundi	*Rogations*	23	jeudi	Octav. F. D.
24	mard	ste Jeanne	24	vend	Nat. s. J. B.
25	merc	s Urbain	25	sam.	s. Prosper
26	jeudi	ASCENSIO	26	3 D.	s. Jean, mar
27	vend	s. Hildevert	27	lundi	s. Crescent
28	sam.	s. Germain	28	mard	*Vigile jeû.*
29	6 D.	s. Maximin	29	merc	*s. Pier. s. P.*
30	lundi	ste Emilie	30	jeudi	Com. s. Paul
31	mard	ste Pétronil.			

JUILLET.			AOUT.		
Prem. quart., le 1 mat.			Pleine lune, le 6 mat.		
Pleine lune, le 8 mat.			Dern. quart., le 14 mat.		
Dern. quart., le 15 soir.			Nouv. lune, le 21 soir.		
Nouv. lune, le 23 soir.			Prem. quart., le 28 soir.		
Prem. quart., le 30 mat.					
1	vend	s. Martial	1	lundi	s. Pier.-ès-l.
2	sam.	Vis. de la V.	2	mard	s. Étienne p.
3	4 D.	s. Anatole	3	merc	inv. s. Étie.
4	lundi	Tr. s. Mart.	4	jeudi	s. Dominiq.
5	mard	ste Zoé	5	vend	s. Yon.
6	merc	s. Tranquil.	6	sam.	Transl. N.S.
7	jeudi	s. Aubierge	7	9 D.	sus. Ste. Cr.
8	vend	ste Élisabeth	8	lundi	s. Justin
9	sam.	s. Cyrille	9	mard	s. Romain.
10	5 D.	ste Félicité	10	merc	s. Laurent.
11	lundi	Tr. s. Benoît	11	jeudi	sus. ste. Co.
12	mard	s. Gualbert	12	vend	ste Claire
13	merc	s. Turiaf	13	sam.	*Vigile jeû.*
14	jeudi	s. Isaac	14	10 D.	s. Eusèbe
15	vend	s. Henri	15	lundi	ASS. s. Nap.
16	sam.	s. Eustate.	16	mard	s. Roch.
17	6 D.	s. Spérat	17	merc	s. Mamès
18	lundi	s. Thomas d	18	jeudi	s. Hélène.
19	mard	s. Vincent p.	19	vend	s. Louis, év.
20	merc	ste Marguer.	20	sam.	s. Bernard
21	jeudi	s. Victor	21	11 D.	s. Privat
22	vend	ste M. Made.	22	lundi	s. Symphor.
23	sam.	s. Apollinai.	23	mard	s. Timothée
24	7 D.	ste Christin.	24	merc	s. Barthéle.
25	lundi	s. Jacq. s. Ch.	25	jeudi	s. Louis, roi
26	mard	Tr. s. Marc	26	vend	s. Zéphirien
27	merc	s. Georges	27	sam.	s. Césaire
28	jeudi	ste Anne	28	12 D.	s. August. d.
29	vend	s. Loup	29	lundi	s. Méderic
30	sam.	s. Abdon.	30	mard	s. Fiacre
31	8 D.	s. Germain	31	merc	s. Ovide

<table>
<tr><td colspan="3">

SEPTEMBRE.
Pleine lune , le 4 soir.
Dern. quart., le 13 mat.
Nouv. lune, le 20 mat.
Prem. quart., le 26 soir.
</td><td colspan="3">

OCTOBRE.
Pleine lune , le 4 soir.
Dern. quart., le 12 soir.
Nouv. lune , le 19 soir.
Prem. quart., le 29 m.
</td></tr>
<tr><td>1</td><td>jeudi</td><td>s. Leu s. Gil.</td><td>1</td><td>sam.</td><td>s. Remy</td></tr>
<tr><td>2</td><td>vend</td><td>s. Lazare</td><td>2</td><td>17 D.</td><td>ss. Anges g.</td></tr>
<tr><td>3</td><td>sam.</td><td>s. Grégoire</td><td>3</td><td>lundi</td><td>s. Denis A.</td></tr>
<tr><td>4</td><td>13 D.</td><td>ste Rosalie</td><td>4</td><td>mard</td><td>s. François</td></tr>
<tr><td>5</td><td>lundi</td><td>s. Bertin.</td><td>5</td><td>merc</td><td>ste Aure , v.</td></tr>
<tr><td>6</td><td>mard</td><td>s. Zacharie</td><td>6</td><td>jeudi</td><td>s. Bruno</td></tr>
<tr><td>7</td><td>merc</td><td>s. Cloud.</td><td>7</td><td>vend</td><td>s. Serge</td></tr>
<tr><td>8</td><td>jeudi</td><td>nat. N. D.</td><td>8</td><td>sam.</td><td>s. Demètre</td></tr>
<tr><td>9</td><td>vend</td><td>s. Omer.</td><td>9</td><td>18 D.</td><td>s. Denis, év.</td></tr>
<tr><td>10</td><td>sam.</td><td>s. Nicolas t.</td><td>10</td><td>lund</td><td>s. Géréon</td></tr>
<tr><td>11</td><td>14 D.</td><td>s. Patient</td><td>11</td><td>mard</td><td>s. Nicaise</td></tr>
<tr><td>12</td><td>lundi</td><td>s. Serdot.</td><td>12</td><td>merc</td><td>s. Wilfrid</td></tr>
<tr><td>13</td><td>mard</td><td>s. Maurille</td><td>13</td><td>jeudi</td><td>s. Géraud</td></tr>
<tr><td>14</td><td>merc</td><td>Exal. ste C.</td><td>14</td><td>vend</td><td>s. Caliste</td></tr>
<tr><td>15</td><td>jeudi</td><td>s. Cyprien</td><td>15</td><td>sam.</td><td>ste Thérèse</td></tr>
<tr><td>16</td><td>vend</td><td>st Euphem.</td><td>16</td><td>19 D.</td><td>s. Gal , abbé</td></tr>
<tr><td>17</td><td>sam.</td><td>s. Lambert</td><td>17</td><td>lundi</td><td>s. Cerbon.</td></tr>
<tr><td>18</td><td>15 D.</td><td>s. Jean chr.</td><td>18</td><td>mard</td><td>s. Luc , év.</td></tr>
<tr><td>19</td><td>lundi</td><td>s. Janvier</td><td>19</td><td>merc</td><td>s. Savinien</td></tr>
<tr><td>20</td><td>mard</td><td>s. Eustache</td><td>20</td><td>jeudi</td><td>s. Sendon</td></tr>
<tr><td>21</td><td>merc</td><td>4 Temps</td><td>21</td><td>vend</td><td>ste Ursule</td></tr>
<tr><td>22</td><td>jeudi</td><td>s. Maurice</td><td>22</td><td>sam.</td><td>s. Mellon</td></tr>
<tr><td>23</td><td>vend</td><td>ste Thècle</td><td>23</td><td>20 D.</td><td>s. Hilarion</td></tr>
<tr><td>24</td><td>sam.</td><td>s. Andoche</td><td>24</td><td>lundi</td><td>s. Magloire</td></tr>
<tr><td>25</td><td>16 D.</td><td>s. Firmin</td><td>25</td><td>mard</td><td>s. Crép. s. C.</td></tr>
<tr><td>26</td><td>lundi</td><td>ste. Justine</td><td>26</td><td>merc</td><td>s. Rustique</td></tr>
<tr><td>27</td><td>mard</td><td>ss. Côme D.</td><td>27</td><td>jeudi</td><td>s. Frumence</td></tr>
<tr><td>28</td><td>merc</td><td>s. Céran</td><td>28</td><td>vend</td><td>s. Sim. s. Ju.</td></tr>
<tr><td>29</td><td>jeudi</td><td>s. Michel, a.</td><td>29</td><td>sam.</td><td>s. Faron, év</td></tr>
<tr><td>30</td><td>vend</td><td>s. Jérôme</td><td>30</td><td>21 D.</td><td>s. Lucain</td></tr>
<tr><td></td><td></td><td></td><td>31</td><td>lundi</td><td>Vigile jeû.</td></tr>
</table>

NOVEMBRE.			DÉCEMBRE.		

NOVEMBRE.
Pleine lune, le 3 mat.
Dern. quart., le 11 mat
Nouv. lune, le 18 mat.
Prem. quart., le 24 soir.

DÉCEMBRE.
Pleine lune, le 3 mat.
Dern. quart., le 10 soir.
Nouv. lune, le 17 soir.
Prem. quart., le 24 soir.

	NOVEMBRE			DÉCEMBRE	
1	mard	TOUSSAIN	1	jeudi	s. Eloi
2	merc	*Trépassés*	2	vend	s. Franç. X.
3	jeudi	s. Marcel	3	sam.	s. Mirocle
4	vend	s. Charles b.	4	2 D.	ste Barbe
5	sam.	ste Berthile	5	lundi	s. Sabas
6	22 D.	s. Léonard	6	mard	s. Nicolas
7	lundi	s. Willebr.	7	merc	ste Fare
8	mard	Stes Reliqu.	8	jeudi	*Conception*
9	merc	s. Mathurin	9	vend	ste Gorgon.
10	jeudi	s. Léon, p.	10	sam.	ste Valère
11	vend	s. Martin, é.	11	3 D.	s. Fuscien
12	sam.	s. René	12	lundi	s. Damas
13	23 D.	s. Brice	13	mard	ste Luce
14	lundi	s. Bertrand	14	merc	4 *Temps.*
15	mard	s. Eugène	15	jeudi	s. Mesmin
16	merc	s. Edme	16	vend	ste Adélaïde
17	jeudi	s. Agnan	17	sam.	ste Olympe
18	vend	s. Mandé	18	4 D.	s. Gratien
19	sam.	ste Elisabeth	19	lundi	ste Meuris
20	24 D.	s. Edmond	20	mard	s. Philogo.
21	lundi	Pres. N. D.	21	merc	s. Thomas
22	mard	ste Cécile	22	jeudi	s. Ischirion
23	merc	s. Clément	23	vend	ste Victoire
24	jeudi	s. Severin	24	sam.	*Vigile jeû.*
25	vend	ste Catherin	25	D.	NOEL
26	sam.	ste Géneviè.	26	lundi	*s. Etienne.*
27	1 D.	*Avent.*	27	mard	*s. Jean Ev.*
28	lundi	s. Sosthène	28	merc	ss. Innocen
29	mard	s. Saturnin	29	jeudi	s. Thomas
30	merc	s. André	30	vend	s. Roger
			31	sam.	s. Sylvestre

TABLETTES

DES GRANDS ÉVÈNEMENTS.

J'AI fait un choix impartial des faits les plus marquants depuis 1787 jusqu'à 1808, je les ai classés par ordre de date, et jour par jour.

L'Histoire de la Révolution, par monsieur La Cretelle; les Tablettes du Moniteur, et l'Art de vérifier les dates depuis 1789 jusqu'à 1803, m'ont guidé jusqu'à cette époque. Mais ces ouvrages font de gros volumes, et je désirais resserrer la matière dans un petit nombre de pages, qui réunît les grands traits du tableau sans fatiguer la mémoire ni charger les poches.

On consulte bien chaque jour, sans dégoût, le quantième du mois, on lirait même le nom du saint et le précis de l'évènement qui s'y trouverait joint ; mais on se dégoûte de compulser des volumes pour trouver la coïncidence de plusieurs faits intéressants arrivés le même jour. J'ai fait ce travail ; il m'a coûté quelques peines, mais j'en serai dédommagé s'il peut piquer la curiosité et servir à l'instruction. Il est peu volumineux et d'un prix modique. Je le vendrai avec mon Chansonnier, ou séparément ; et j'y joins une notice de mon Voyage à Cayenne, en deux volumes in-8., de mes livres de fonds et d'occasion, du prix de la reliure, et du port par la poste ou par les messageries.

NOTIONS.

Sur le premier Jour de l'an, les Étrennes,
et le premier Janvier.

Les Romains commençaient l'année au premier mars ; c'est d'après eux que les mois de septembre, octobre, novembre et décembre conservent encore aujourd'hui leur dénomination dans le calendrier romain. Sous la monarchie française, l'année catholique commença à Noël et à Pâques. L'année, commençant à Pâques, était tantôt de onze mois et tantôt de treize, suivant le décours de la lune, ce qui devait gêner le commerce.

En 1564, un édit de Charles IX fit invariablement commencer l'année au premier janvier 1565. Cet édit fut suivi iv

en France jusqu'en 1792, où la république succéda à la monarchie, et
changea entièrement l'ordre et le nom
du calendrier. L'année commença au 22
septembre. Les noms des mois anciens
furent remplacés par des noms analogues
aux fleurs, aux prés, aux saisons, etc.
Tous les mois de cet annuaire étaient
de trente jours ; plus, cinq jours complémentaires pour les années ordinaires,
et six pour les années bissextiles.

Les mois étaient divisés en trois dé-
cades, subdivisées en trois demi-décades
nommées Quintidis. Chacun des jours
tirait son nom de son nombre, et les
saints de l'ancien calendrier étaient remplacés par les noms des légumes et des
arbres, ou par ceux des grands hommes
de chaque siècle, en attendant que la
France eût compté ses mois et ses jours
par ses héros, ou par ses personnages

célèbres dans sa révolution, et dans celle des autres peuples.

Depuis 1792, la France a changé quatre fois de forme de gouvernement.

Depuis le 10 août 1792, gouvernement démocratique et républicain, sans constitution et sans chef jusqu'à la fin de 1795, an IV de la république ; époque de l'installation du Directoire, composé de cinq membres, amovibles tous les ans par cinquième. La Convention, qui ne formait qu'une assemblée, fut divisée de même en deux Conseils, amovibles également par tiers.

Le Gouvernement directorial avait, en 1797, 1798 et 1799, changé trois fois.

En 1799, le 10 novembre (19 brumaire an VII), la république devient consulaire ; les Conseils sont remplacés par le Sénat, le Corps-Législatif et le

Tribunat. Syeyès, Bonaparte et Roger-Ducos sont provisoirement Consuls.

En 1800, une nouvelle constitution est faite, présentée, acceptée ; Bonaparte est Premier Consul pour dix ans, avec Cambacérès et Lebrun.

En 1802, Bonaparte est nommé Consul à vie.

En 1804, il est élu Empereur, et prend le nom de Napoléon. Il est sacré à Paris, le 2 décembre de la même année, par le pape Pie VII, venu exprès pour cette cérémonie.

En 1806, le calendrier républicain est réformé, et la France adopte deux annuaires, celui de l'empire, qui répond au 2 décembre, premier de l'empire ; et l'ancien, nommé calendrier grégorien, qui commence au premier janvier.

Ce retour à l'ancien ordre de choses a ramené les anciens usages des visites, des compliments, et sur - tout des étrennes, dont l'origine date de loin.

Tatius, roi des Sabins, qui partagea le trône de Rome avec Romulus, regarda comme un bon augure le présent qu'on lui offrit, le premier jour de l'an, de quelques branches de laurier coupées dans un bois consacré à la déesse de la Force. Cette offrande passa en coutume, et prit son étymologie du nom de la déesse; et du mot *strenua,* force, on fit le mot *strene*, étrennes.

Depuis ce moment, les Romains se firent réciproquement des présents de figues, de dattes, de miel, pour témoigner à leurs amis qu'il leur souhaitaient une année douce et heureuse. Les clients portaient ces étrennes à leurs patrons, et y joignaient une petite piece d'argent: c'est ce que nos gens de robe nomment épices.

Le sénat, les chevaliers et le peuple présentaient des étrennes à Auguste et à ses successeurs : quelques uns des Césars les reçurent, d'autres abolirent cette coutume pour les grands ; mais elle subsista toujours pour les particuliers.

TABLETTES

OU

CALENDRIER ÉPHÉMÉRIDE

Pour l'année 1808.

JANVIER.

1 En 1792, l'Assemblée abolit les visites et les compliments du jour de l'an.

Préparatifs hostiles contre les émigrés.

2 Décret qui fait dater l'ère de la liberté du premier janvier 1789.

En 1792, décret d'accusation contre Monsieur, le comte d'Artois, le prince de Condé, les princes français et les émigrés.

3 En 1793, le nommé Louvain est massacré au faubourg Saint-Antoine; il était accusé d'avoir voulu opérer un soulèvement le jour que Louis XVI parut à la barre de la Convention.

4 En 1794, le colonel Jourdan, d'Avignon, se plaint aux Jacobins de ce qu'on l'appelle coupe-tête et mangeur d'enfants; il raconte ses exploits, et reçoit l'acolade du président.

5 En 1791, réduction des pensions : celles de Ni-

colas Luckner spécialement conservées, parceque, dans la guerre de 1796 , il avait passé du service des alliés à celui de la France.

En 1794 , le même maréchal de France est condamné à mort par le tribunal révolutionnaire.

En 1793 , Manuel propose d'abolir la fête des rois ; l'ordre du jour motivé sur ce que ce n'est pas la fête des rois de France.

6 En 1794 , Dubois-Crancé se plaint, aux Jacobins , de la facilité avec laquelle on reçoit les membres.

Il voudrait qu'on demandât au candidat qui se présente : « Qu'as-tu fait pour être pendu en cas « de contre-révolution ? »

7 En 1794 , le général Cartaux est traîné à la conciergerie.

En 1794, le conseil de la commune arrête que les comités révolutionnaires et les assemblées de section donneront des certificats de vie et de mœurs aux instituteurs....

8 En 1790 , introduction de la chambre des vacations de Rennes à la barre, défendue et justifiée par le président La Houssaie.

9 En 1794 , dénonciation de Chaumette , procureur de la commune , contre les femmes publiques ; invitation au commandant de la force armée d'empêcher ces femmes dangereuses de corrompre les mœurs.,...

Les femmes publiques se sont cachées jusqu'en septembre 1794.

10 En 1798, proclamation du Directoire sur l'emprunt pour la descente en Angleterre.

11 En 1794, Bentabolle présente à l'Assemblée la veuve du révolutionnaire Châlier, guillotiné à Lyon par les ennemis de l'anarchie : Châlier a plus fait pour la liberté que J.-J. Rousseau, dit Bentabolle ; et la Convention lui accorda la même pension qu'à la veuve du citoyen de Genève.

12 En 1794, Adrien Lamourette, évêque constitutionnel de Lyon, membre de l'Assemblée législative, est condamné à mort par le tribunal révolutionnaire. Il avoue, en faisant sa confession publique, qu'il a composé toutes les diatribes que Mirabeau a vomies contre le clergé ; il en demande pardon à Dieu, au peuple qu'il a scandalisé, et se résigne à la mort avec autant de courage que de repentir.

13 En 1793, la Convention posa la série des questions pour le jugement de Louis XVI, et l'ordre dans lequel elles devaient être posées :

Louis est-il coupable ?

Quelle sera la peine ?

L'appel au peuple aura-t-il lieu ?

14 En 1794, Jacques Roux, vicaire de S. Nicolas-des-Champs de Paris, se nommant Prédicateur des Sans-Culottes, arrêté en 1793, et confondu à Bicêtre avec tous les curés de Paris, fut traduit à la police correctionnelle, pour avoir fait quelques mouvements trop révolutionnaires, et renvoyé de là au tribunal révolutionnaire : à cette nouvelle, il s'enfonça, à deux reprises, un couteau dans le cœur, et mourut au bout de quinze jours comme un enragé... Il avait accompagné Louis XVI à

B.

la mort , et lui avait dit avec dureté : Allons ;
marche , Capet.

En 1797, Bataille de Rivoli , gagnée par Napoléon Bonaparte.

15 En 1793 , la Convention procède au jugement de
Louis XVI ; le duc d'Orléans, son cousin, vote
le premier la mort , sans appel au peuple.

16 En 1790, les prisonniers de Sainte-Marguerite sont
mis en liberté par l'abolition des lettres de cachet.

En 1794, décret qui traduit Bernard, suppléant
de Barbaroux , au tribunal révolutionnaire.

17 En 1793 , appel nominal pour le jugement de
Louis XVI.

18 En 1793 , Louis XVI , le lendemain de sa con-
damnation à mort , lisant un vieux Mercure, y
trouva un logogryphe, et le donna à deviner à
Cléry, son valet-de-chambre, qui ne put en venir
à bout. Il m'est pourtant bien applicable, dit le
Roi ; c'est le mot *sacrifice.* Il prit ensuite l'histoire de la mort de Charles Ier , qu'il lut tous
les jours suivants.

19 En 1793, grands débats à la Convention sur l'appel
au peuple. Thomas Payne, qui avait voté pour la
réclusion pendant la guerre et pour le bannisse-
ment à la paix, vota pour le sursis, et l'appel au
peuple, ce qui fut rejeté. Le Roi a la liberté de
communiquer avec sa famille.

20 En 1773 , les ministres se réunissent, et vont
porter au Roi le décret qui le condamne à mort.
On lui ôta couteaux et fourchettes. Son confesseur vient le trouver.

21 En 1793 , le Roi sortit du Temple à dix heures

avec Jacques Roux et son confesseur, pour aller à la mort, qu'il reçut à dix heures vingt minutes du matin. Des gens de toutes les opinions se disputèrent le droit de tremper des linges dans son sang.

En 1790, Guillotin, membre de l'Assemblée constituante, fit adopter la guillotine.

22 En 1790, le district des Cordeliers met Marat sous sa protection.

En 1791, la municipalité de Paris défend les bals et les masques.

En 1793, un placard affiché excite les Bataves à l'insurrection.

23 En 1794, Couthon, après avoir rendu compte de l'allégresse des patriotes à la fête de l'anniversaire de la mort du Roi, où tous les membres ont assisté en bonnets rouges, demande qu'on fasse jouer sur le grand théâtre le jugement dernier des rois.

24 En 1788, lettre de Louis XVI pour la convocation des États-Généraux, où il disait au peuple qu'il avait besoin de ses conseils pour rétablir les finances, et assurer la félicité publique.

En 1793, le corps de Michel Lepelletier est transporté au Panthéon. Ce conventionnel fut membre du parlement et comblé des bienfaits de Louis XVI; ayant voté sa mort, pour conserver sa fortune, il fut assassiné le 20 janvier, par Paris, ancien garde du corps du roi.

En 1800, les Turcs réunis aux Anglais forcent les Français à évacuer l'Égypte.

25 En 1794, sur la motion de Couthon, Robespierre

et Collot-d'Herbois rédigent l'acte d'accusation de tous les rois, afin qu'ils ne trouvent plus ni feu ni lieu.

26 En 1793, la veuve de Louis XVI fait demander à la commune des habits de deuil pour elle et ses enfants.

27 En 1797, lettre de Napoléon Bonaparte, annonçant plusieurs victoires en Italie, où vingt-cinq mille Autrichiens furent faits prisonniers; et la prochaine reddition de Mantoue.

28 En 1794, la société des Jacobins dénonce les gardes de Louis XVI, qui se maintiennent dans les troupes et trouvent plus d'avancement que les patriotes.

29 En 1797, découverte d'une conspiration formée à Paris pour le rappel des Bourbons; Brottier, Berthelot, Lavilheurnois et Dunan sont arrêtés et condamnés à la déportation. Les deux premiers sont morts dans la Guyane française, où ils furent déportés au 18 fructidor (2 septembre 1797).

30 En 1794, dénonciation à la Convention contre tous les marchands de vins de Paris, qui enfreignent la loi du *maximum*.

31 En 1797, l'abbé Poncelin, auteur du Courrier républicain, est pris; on lui bande les yeux, et on le traîne au palais directorial, où il est fustigé pour avoir inséré un article contre le directeur Barras.

FÉVRIER.

1 En 1790, le marquis de Favras est condamné à mort.

En 1793, l'Angleterre prépare la guerre à la France.

En 1798, saisie, près de Vitré, du quartier-général des chouans.

2 En 1797, Mantoue est prise par les Français, après un siège de six mois. Bonaparte défait trois armées venues au secours de cette ville.

En 1798, entrée des troupes autrichiennes dans les états de Venise.

3 En 1793, décret pour la démolition des châteaux forts et des forteresses de l'intérieur.

En 1798, Trion-Cassino, chevalier de Malte, émigré, fabricateur de faux passe-ports, agent de l'Angleterre, est mis à mort.

4 En 1790, Louis XVI vient à l'Assemblée sanctionner la révolution.

En 1798, le ministre de la police dénonce à l'Assemblée la lâcheté d'un réquisitionnaire de Fromenville, qui s'est coupé un doigt pour s'exempter du service.

5 En 1792, émigration de presque toute la marine de Brest.

En 1794, la Convention décrète la liberté des nègres dans toutes les colonies françaises.

6 En 1794, Barrère fait un rapport à l'Assemblée, dans lequel il accuse le général Jourdan de trop

de mollesse; il propose de le remplacer à l'armée du nord par le général Pichegru.

7 En 1791, impôt du timbre, sanctionné le 18 du courant : étendu sur les journaux et les affiches en 1797.

En 1795, entrée des Français en Hollande, détail de la conquête de cette république.

8 En 1795, rapport de Cambon, sur les moyens de retirer les assignats de la circulation.

En 1796, protestation des provinces de Frise et de Zélande contre l'établissement d'une convention nationale batave.

9 En 1801, traité de paix définitif entre l'empereur d'Autriche et la République française, sous le consulat de Bonaparte.

10 En 1796, arrêté du Directoire relativement à l'emprunt forcé.

En 1797, pièces relatives à la conspiration royale pour Louis XVIII ; rapport de Ramel au ministre de la police.

11 En 1796, sur la motion de Bentabolle, le ministre de la police seul est chargé du travail de la radiation des émigrés.

12 En 1793, la Convention décrète l'uniformité et la réunion des troupes de ligne et des volontaires nationaux.

13 En 1790, l'Assemblée constituante décrète la suppression des ordres religieux.

14 En 1794, un décret met en réquisition tous les fondeurs de caractères dans la ville de Paris, pour le service du bulletin des lois.

15 En 1798, le pape Pie VI est chassé de Rome ; les

Français s'en rendent maîtres, et fondent la république romaine.

16 En 1791, réforme du sceau de l'état.

En 1794, grands débats aux Cordeliers en faveur de Vincent, secrétaire du département de la guerre.

17 En 1794, la Convention supprime l'ancien pavillon français pour prendre le tricolor, et décrète qu'à l'avenir aucun militaire ne pourra avoir d'avancement s'il ne sait lire et écrire.

18 En 1789, le duc d'Orléans écrit d'Angleterre à l'Assemblée, qu'uni d'intention avec elle, il prête le serment par lequel elle s'est engagée à terminer la constitution avant de se séparer.

19 En 1790, mort du marquis de Favras, pendu sur la place de Grève pour crime de contre-révolution. Il était accusé d'avoir voulu enlever le Roi, et massacrer messieurs Necker, de La Fayette et Bailly, l'un ministre des finances, l'autre commandant de la garde nationale, et le troisième maire de Paris.

En 1791, les tantes du Roi partent du château de Bellevue, pour se retirer à Rome.

En 1797, Bonaparte conclut avec le pape Pie VI le traité de Tolentino.

En 1800, Bonaparte établit sa résidence au château des Tuileries.

20 En 1797, présentation au Directoire des drapeaux enlevés sur l'ennemi par la brave armée d'Italie.

21 En 1790, les fils du duc d'Orléans prêtent le serment patriotique au district de Saint-Roch.

22 En 1790, l'Assemblée envoie une députation au

service de l'abbé de l'Épée, instituteur des sourds
et muets.

23 En 1792, violentes sorties de l'Assemblée législative contre les sociétés des Jacobins, des Feuillants et des factieux ministériels.

24 En 1799, une proclamation du directoire de Lu-
cerne désigne nominativement un grand nombre
de Suisses, comme auteurs des révoltes qui ont
éclaté depuis le départ de Bonaparte.

25 En 1792, projet de manifeste des princes émigrés.

26 Eu 1790, division de la France en quatre-vingt-
trois départements.

27 En 1799, l'établissement de l'armée française en
Égypte se consolide; les naturels du pays s'en-
rôlent sous les drapeaux français.

28 En 1791, des bruits se répandent que l'on enfouit
des trésors dans le château de Vincennes, des
gens sans aveu courent le démolir : à l'instant,
la noblesse se range, en armes, auprès du Roi
pour prévenir toute diversion. La garde bour-
geoise en prend ombrage, force les chevaliers à
déposer leurs armes et à se laisser fouiller : tous le
souffrirent, à l'exception de M. de Beauharnais.
La garde s'empara des armes, et nomma cette
expédition Journée des Poignards.

29 En 1792, la municipalité de Nanci dénonce à
l'Assemblée une adresse des émigrés à l'armée
française, repoussée avec indignation par le cin-
quante-huitième régiment.

En 1796, rapport des représentants du peuple
sortis des prisons d'Autriche.

MARS.

1 En 1791, décret sur le mode de consécration des évêques constitutionnels. Un curé insermenté demande qu'ils soient consacrés dans les temples des protestants, ou dans les synagogues des juifs.

2 En 1790, décret pour la suppression de la vénalité des emplois, et pour le serment des troupes au 14 juillet.

En 1798, le commissaire du Directoire exécutif de Domalin, département d'Ile-et-Vilaine est assassiné par les chouans.

3 En 1790, jugement du châtelet qui acquitte le baron de Bezenval, accusé de conspiration contre le peuple au 14 juillet précédent.

4 En 1793, mort du duc de Penthièvre. Ce grand prince fut l'exemple de la cour, l'amour du peuple, et le Mécène de Florian. La conduite du duc d'Orléans, qui avait épousé sa fille, et la fin tragique de la princesse de Lamballe sa bru, ont hâté ses derniers moments. Étranger à la cour, à la révolution et à tous les partis, la vertu et la bienfaisance ont gravé son nom dans tous les cœurs.

5 En 1790, décret pour la communication des pensions et du livre rouge.

C

6 En 1790, désordres à Uzès, excités contre les protestants.

7 En 1790, un décret destine l'emploi des dons patriotiques au paiement des rentes au-dessous de cinquante livres.

En 1796, mort de l'abbé Raynal, auteur de l'Histoire philosophique et politique des deux Indes, ouvrage qui prépara la révolution ; l'auteur ayant osé s'en repentir devant l'Assemblée nationale, fut traité de fou.

8 En 1790, décret d'uniformité des poids et mesures.

En 1794, fin tragique de Condorcet, philosophe, membre de l'Académie française, de l'Assemblée législative, et de la Convention. Mis hors la loi par la faction de Robespierre, il se cacha dans les bois de Meudon, il y fut reconnu, et conduit en prison au Bourg-la-Reine par les comités révolutionnaires ; il fut trouvé mort le lendemain.

9 En 1787, Louis XVI annonce à la noblesse que pour soulager son peuple il fait une suppression dans la dépense de sa maison et de celle de sa famille, qu'il espère faire monter à quarante millions. Il ne restait que cent millions de déficit, que Calonne aurait comblé si la noblesse, Necker et le clergé ne s'y fussent opposés.

10 En 1792, Brissot dénonce Delessart, ministre

des affaires étrangères, comme traître à son pays..
Delessart fut conduit à la haute-cour d'Orléans,
et massacré, ou plutôt mutilé au mois de septembre 1792.

En 1793, institution du tribunal révolutionnaire. Conspiration de la faction d'Orléans, dont
le chef fait de grands sacrifices pécuniaires.

11 En 1791, l'Assemblée décrète l'égalité des successions ab intestat.

En 1792, des citoyens du district de la
Croix-Rouge demandent à l'Assemblée l'assu-
jettissement du Roi aux contributions... l'ordre
du jour.

12 En 1793, la Convention fait arrêter des péti-
tionnaires de la section Poissonnière, qui ve-
naient demander l'arrestation de Dumouriez.

13 En 1793, M. Garat, ministre de la justice, rend
compte, à la Convention, d'une motion faite
par des volontaires, à la société des Jacobins,
de se diviser en deux bandes, dont l'une irait
à la Convention couper la tête à ceux qui
n'avaient pas voté la mort du Roi, tandis que
l'autre égorgerait les ministres et ferait maison
nette.

14 En 1790, suppression de la gabelle, remplacée
par la contribution.

En 1796, arrestation de tous les Anglais ré-
sidants à Bordeaux et à Dunkerque.

15 En 1790, abolition des redevances et des droits
féodaux.

16 En 1798, pétition d'un jeune homme qui demande à être déporté à Cayenne, parcequ'il ne peut vivre sous un gouvernement républicain.

17 En 1790, décret pour la vente de quatre cents millions de biens ecclésiastiques et domaniaux, à la municipalité de Paris.

En 1793, le général Westermann annonce à la Convention qu'il a pris vingt-sept vaisseaux chargés sur la côte de Hollande.

18 En 1793, Dumouriez, battu à Nerwinde, fait restituer l'argent des églises de la Belgique.

19 En 1793, Julien, de Toulouse, fait décréter des peines contre ceux qui se permettraient des indécences dans les églises.

Memes année et jour, les Autrichiens sont repoussés par le fils du duc d'Orléans.

20 En 1792, rapport fait à la Convention sur l'assassinat consommé à Montargis, sur la personne de Manuel, ci-devant procureur de la commune, député à la Convention.

21 En 1792, Marat, en apprenant un échec annoncé par Dumouriez, s'écrie que la France n'a ni généraux, ni troupes capables de livrer bataille. A ces mots, l'Assemblée propose de faire déclarer Marat, ou fou, ou vendu à l'étranger.

22 En 1794, addition au décret du maximum sur le prix des denrées, etc.

23 En 1794, Musquinet, dit Lapagne, prisonnier à
    Bicêtre pendant vingt-deux ans, mis à mort

24 En 1794, Hébert, dit le Père Duchène, guil-
    lotiné comme athée, ainsi que Rousin, Vincent
    et Mommoro : le supplice de ceux-ci navra tout
    le peuple de joie. On assure que Robespierre
    fit périr Hébert pour la déposition calomnieuse
    qu'il avait faite contre la Reine.

25 En 1799, les Français, sous le commandement
    de Jourdan, sont battus à Stoekack.

       En 1793, découverte à Chantilly, près Paris,
    de deux mille quatre marcs d'argenterie appar-
    tenants au prince de Condé.

26 En 1793, le ministre Garat envoie à l'Assemblée
    un pamphlet de Marat, dans lequel ce journa-
    liste dit que les soldats vont à la boucherie :
    il appelle les victoires de la République des
    évènements désastreux. Le ministre demande
    que Marat opte entre le rang de député ou de
    journaliste.

27 En 1793, décret pour désarmer les nobles, les
    prêtres et tous les gens suspects.

28 En 1793, ordre du Conseil exécutif de France
    de respecter les pêcheurs anglais non armés.

29 En 1796, Prise du général Charrette, chef des
    rebelles de la Vendée.

30 En 1793, Mayence se réunit à la République
    française, par l'organe des députés qu'elle en-
    voie à la Convention.

                           C.

31 En 1793, visites domiciliaires. Arrêté de la commune, tendant à forcer les propriétaires et principaux locataires de Paris d'afficher à la porte de la rue tous les noms de ceux qui habitent leurs maisons.

AVRIL.

1 EN 1795, mouvement du 12 germinal an III, à la suite du rigoureux hiver de cette année et de la révolution du 9 thermidor. Le commerce et la liberté ayant repris quelque existence, ôtèrent sensiblement le crédit aux assignats ; une disette toujours croissante donna aux Jacobins, discrédités par leur conduite, le moyen d'exciter les faubourgs à l'insurrection. L'Assemblée faisait alors le procès à ses anciens membres des comités de Sûreté Générale et de Salut Public. Collot, Barrère, Billaud et Vadier furent déportés ; d'autres représentants, désignés par l'opinion publique, furent relégués dans différents châteaux forts. La Convention menaça de quitter Paris, et tout rentra dans l'ordre.

2 En 1791, mort du comte de Mirabeau, député du tiers-état à l'Assemblée constituante. Aucun citoyen, aucun monarque n'eut jamais un cortège plus pompeux. L'Assemblée nationale décréta que le Panthéon français, où Mirabeau entrerait le premier, serait l'église de Sainte-Geneviève. Tous les spectacles furent fermés. Les ministres, l'Assemblée entière, et toutes les autorités constituées accompagnèrent le cortège

depuis l'église de Saint-Eustache jusqu'à celle de Sainte-Geneviève. La cérémonie commença à quatre heures du soir, et finit à minuit.

En 1793, trahison de Dumouriez. Il passe chez l'ennemi, et tente de lui livrer l'armée française.

3 En 1793, Dumouriez mis hors la loi.

En 1795, traité solennel du roi de Prusse avec la France. Il fut le premier en avant pour renverser la République, et le premier à la reconnaître.

En 1797, évacuation du Tirol par l'armée autrichienne, sous les ordres du prince Charles.

En 1799, prise de Civita-Vecchia par les Français.

4 En 1792, rapport de Saladin contre Duport-Dutertre, ministre de la justice, décrété d'accusation.

5 En 1792, décret qui met hors des débats, et juge de suite les accusés du tribunal révolutionnaire qui résisteraient à la justice, ou qui insulteraient le tribunal.

6 En 1794, Robespierre fait condamner à mort Danton, Camille-Desmoulins, Lacroix, Chabot, Hérault-de-Séchelles, Bazire, et Fabre-d'Églantines, auteur du calendrier républicain.

7 En 1792, costumes des religieux, des religieuses et des prêtres, prohibés.

En 1793, toute la famille des Bourbons est mise en arrestation.

En 1795, un décret prononce que les fonctionnaires publics, accusés de quelque délit, seront jugés pas les mêmes juges des autres citoyens.

8 En 1795, la Convention s'occupe du Code civil; elle détermine les noms et les valeurs des nouveaux poids et mesures, ainsi que l'époque à laquelle leur usage sera obligatoire.

9 En 1802, le cardinal Caprara, légat *à latere*, est introduit aux Tuileries devant le premier Consul; il promet de se conformer aux lois de l'État, aux libertés de l'Église Gallicane, et de cesser ses fonctions quand le Premier Consul l'exigera.

10 En 1790, les dettes du clergé sont déclarées nationales.

En 1793, le duc d'Orléans est mis en arrestation à Marseille, malgré sa pétition à l'Assemblée, où il demande une exception en sa faveur, pour avoir voté la mort du Roi.

11 En 1793, un décret prononce six années de fers contre les vendeurs d'argent, et défend de faire aucune vente, aucun paiement et aucune convention en numéraire; tout marché sera fait en assignats.

12 En 1796, le général Bonaparte ouvre la première campagne d'Italie.

13 En 1790, la religion catholique romaine est décrétée religion de la nation.

En 1793, décret d'accusation contre Marat, auteur de l'Ami du Peuple ; il est traduit au tribunal révolutionnaire, qui le met en liberté.

En 1796, bataille de Montenotte, gagnée sur les Autrichiens par notre armée d'Italie.

14 En 1794, Chaumette, procureur de la commune, accusé d'athéisme et d'immoralité, est accolé à Gobel, évêque constitutionnel de Paris, qui alla le premier, en 1793, avec son clergé, à la Convention, abjurer publiquement Jésus-Christ et la religion chrétienne. Lorsqu'il réclama la somme qui lui avait été promise pour faire cette démarche, on l'accusa de conspiration, et on le guillotina.

15 En 1793, pétition des commissaires des sections de Paris, demandant l'arrestation des vingt-deux députés nommés fédéralistes.

16 En 1788, mort de Georges-Louis Leclerc de Buffon, né, en 1707, d'un conseiller au parlement de Dijon, seigneur de Montbard en Auxois. Buffon !.... ce nom seul comprend tous les commentaires et tous les éloges.

En 1790, les assignats ont cours forcé de monnaie. Ils portent intérêts.

En 1796, bataille de Millezimo gagnée par les Français sur les Austro-Sardes.

17 En 1796, proclamation du Directoire aux Parisiens contre les manœuvres des séditieux qui veulent dissoudre les autorités, pour opérer le partage égal de toutes les propriétés.

18 En 1791, les Jacobins font un essai de leurs forces, en empêchant le Roi d'aller à Saint-Cloud. Ils l'accusent d'être d'intelligence avec les prêtres insermentés, et lui enjoignent d'aller à Saint-Germain-l'Auxerrois, paroisse du Louvre. Le Roi veut partir, et les mutins le ramènent de force : c'est de ce jour que date la puissance des Jacobins.

En 1797, Napoléon Bonaparte signe à Léoben, à vingt-neuf lieues de Vienne, les préliminaires de paix entre l'Empereur d'Allemagne et la République française.

En 1802, le jour de Pâques, proclamation de la paix de l'Église et du concordat, sous le consulat de Napoléon Bonaparte.

19 En 1791, le roi vient se plaindre à l'Assemblée des outrages qu'il a reçus la veille.... l'ordre du jour.

20 En 1792, Louis XVI apporte à l'Assemblée sa déclaration de guerre à François III, roi de Hongrie et de Bohême. Brissot disait à cette époque : « Il « nous faut la guerre ; il faut incendier les quatre « coins de l'Europe : notre salut est là. »

En 1794, le tribunal révolutionnaire condamne à mort les membres de la chambre des vacations du parlement de Paris.

En 1794, les principaux membres du parlement de Paris sont condamnés à mort.

21 En 1795, suspension de la vente des biens des condamnés par le tribunal révolutionnaire.

En 1797, fondation des théophilantropes religionnaires.

22 En 1794, fournée du tribunal révolutionnaire où fut englobé le vertueux Malesherbes, défenseur de Louis XVI.

23 En 1793, décret de déportation à la Guyane des prêtres insermentés.

En 1796, combat et prise de Mondovi par l'armée d'Italie.

En 1796, arrestation de Babœuf, et des complices de sa conjuration.

24 En 1795, l'ambassadeur de Suède, admis à la Convention, y parle assis.

En 1799, Tipoo-Saïb est tué par les Anglais sur les murs de sa capitale ; les Français sont faits prisonniers, avec la famille de Tipoo-Saïb.

25 En 1798, Smith et son secrétaire, prisonniers anglais, détenus à la tour du Temple, en sortent sous la protection d'un faux détachement muni d'un faux ordre. Il alla ensuite en Égypte combattre l'armée française.

26 En 1802, sénatus-consulte relatif à l'amnistie accordée aux émigrés.

27 En 1794, prise de la ville de Courtray ; bataille sur toute la ligne, depuis Dunkerque jusqu'à Givet.

En 1799, sortie de la flotte française du port de Brest, pour l'expédition d'Égypte.

28 En 1794, le tribunal révolutionnaire envoie à

la mort le duc de Villeroy, la Tour-du-Pin, Béthune – Charost, Nicolaï, Decrosne, lieutenant de police, et autres.

En 1792, suppression de toutes les confréries.

En 1796, licenciement des deuxième et troisième bataillons de la légion de police de Paris, pour insubordination.

29 En 1792, les Français s'étant avancés sur Mons et Tournai, furent repoussés jusqu'aux portes de Lille. Le général Dillon, qui commandait les troupes françaises, fut mis en pièces par ses soldats, qui le jetèrent ensuite au milieu d'un grand feu, autour duquel ils se mirent à danser.

En 1799, les ministres plénipotentiaires de France envoyés à Rastadt y sont assassinés.

30 En 1796, jugement de Charrette, fusillé à Nantes.

En 1797, sommation de Bonaparte au doge de Venise, de dissiper sous vingt-quatre heures les attroupements, et de remettre entre ses mains les auteurs des meurtres qui se commettent sur les Français, sous peine d'une nouvelle déclaration de guerre.

D

M A I

1 EN 1791, ouverture des barrières. Suppression des droits d'entrée dans l'intérieur. Monnaie faite du métal des cloches.

En 1794, bataille des Albières.

En 1795, la Convention rend les biens aux familles des condamnés, et elle maintient son décret de saisie de ceux des émigrés, des fabricateurs de faux assignats.

En 1797, préliminaires de la paix avec l'empereur.

En 1799, les Français conduisent le pape Pie VI à Briançon, et de là à Valence.

En 1802, deuxième passage du Rhin. Prise de Schaffouse.

2 En 1794, Landrecies se rend aux Autrichiens.

En 1799, les Français sont attaqués par les Grisons. Le général Lecourbe repousse le général Bellegarde.

3 En 1791, le pape est brûlé en effigie à Paris, au Palais Royal.

En 1792, les rédacteurs de l'Ami du Peuple et de l'Ami du Roi sont décrétés d'accusation.

En 1802, la loi fixe la contribution foncière à 210 millions, et la personnelle, somptuaire.

et mobilière, à 32 millions. Les évêques nouvellement élus sont présentés au Premier Consul.

En 1803, adoption au Corps Législatif de la loi sur les testaments et les donations entre-vifs.

4 En 1789, procession des États-Généraux à Versailles.

En 1790, grands troubles à Toulouse, occasionnés par des libelles.

En 1797, perfidies du gouvernement de Venise. Bonaparte enjoint à l'ambassadeur français de quitter la ville dans 24 heures, et à nos généraux de traiter la ville en ennemie.

5 En 1789, ouverture des États-Généraux.

En 1788, un an avant cette fameuse époque, le parlement de Paris, instruit qu'il devait être remplacé par les grands bailliages, s'assembla pour protester contre l'édit du Roi et en appeler aux États-Généraux. Duval Desprémesnil et Goëlard-de-Montsabert, chefs de la ligue, se sauvèrent au parlement, firent ameuter le peuple, et amenèrent la révolution par une révolte ouverte qui les popularisa pour six mois, en leur méritant l'honneur de l'exil.

6 En 1788, le Palais de Justice fut assiégé pendant deux jours, et tout Paris était en rumeur depuis trois mois. Enfin, M. Dagoust vint de la part du Roi prendre les deux boutefeux du parlement. L'un fut exilé à l'île Sainte-Marguerite, et l'autre à Pierre-en-Sise.

En 1789, dès le lendemain de l'ouverture des États-Généraux commença la division entre les trois ordres.

En 1792, le régiment Royal-Allemand, cavalerie, passe chez l'ennemi.

En 1799, la garnison française sort de Mantoue.

En 1800, le Premier Consul se rend à Genève.

En 1802, le général Richepanse arrive à la Guadeloupe, et soumet la colonie.

7 En 1795, Fouquier-Tinville et les membres du tribunal révolutionnaire sont jugés à mort et exécutés.

En 1796, formation des colonnes mobiles prises dans la garde nationale sédentaire.

8 En 1789, établissement de la cour plénière. Lit de justice tenu à Versailles.

En 1791, organisation de l'enregistrement des douanes et du timbre.

En 1795, le pays de Liège est réuni à la France.

En 1794, le tribunal révolutionnaire envoie les fermiers-généraux à la mort. Ils étaient accusés d'avoir mis de l'eau dans le tabac.

En 1794, Robespierre fait un rapport sur l'Être Suprême et les fêtes décadaires, qui sont reconnues par un décret.

En 1799, manifeste des Français à tous les peuples sur l'assassinat de Rastadt.

En 1800, un sénatus-consulte proroge à Bonaparte le consulat pour dix ans.

9 En 1790, les domaines de la couronne sont décrétés aliénables.

En 1794, Lavoisier est condamné à mort avec les fermiers-généraux.

En 1796, passage du Pô par l'armée française, commandée par Bonaparte, et deux jours après elle passe le fameux pont de Lodi.

En 1802, l'archevêque de Paris, M. de Belloy, officie dans la chapelle des Tuileries.|

10 En 1790, troubles à Montauban. Massacre des révolutionnaires.

En 1794, madame Elisabeth, sœur de Louis XVI, est condamnée au même genre de mort que son frère. En 1791, elle avait résisté aux instances que Mesdames lui firent pour les accompagner en Italie... En sortant du Temple elle ignorait la mort de la Reine. Elle dit, en entrant à la Conciergerie : Ah! je vais revoir ici ma meilleure amie... Hélas ! vous la verrez, madame, lui répondit la concierge, en pleurant.

11 En 1788, le clergé de France, informé que, l'année précédente, l'Assemblée des notables avait proposé la vente de ses biens pour combler le déficit, fit des représentations au Roi par la bouche de l'archevêque de Narbonne, qui soupirait après les États-Généraux.

En 1795, les membres de la Convention,

D.

ainsi que les militaires hors leurs drapeaux, sont exclus de Paris, et condamnés à la déportation si on les y trouve trois jours après la publication du décret.

12 En 1788, énigme historique devinée en 1789.

En 1775, des brigands pillent les marchés, enlèvent toutes les denrées, les payent et les jettent dans la rivière. Ils arrivent à Paris pour piller la Halle Neuve... On les repousse vigoureusement, et ils reviennent, en 1789, récidiver dans le temps que Louis XVI fut traîné à Paris...

En 1792, le régiment de Saxe déserte en corps.

En 1794, loi de réclusion pour les prêtres insermentés, infirmes ou sexagénaires.

En 1798, le Directoire fait casser plusieurs choix des assemblées électorales.

13 En 1789, la noblesse refusa sa réunion au tiers-état pour la vérification des pouvoirs.

En 1791, suppression du droit d'aubaine.

En 1794, l'armée des Ardennes passe la Sambre, et enlève le camp de Merbes.

En 1796, rétablissement des vingt-quatre officiers de la police de Paris.

14 En 1791, brevet d'invention accordé aux auteurs de découvertes utiles.

En 1796, entrée des Français à Milan. Fondation de la République cisalpine.

En 1800, le Sénat et le Tribunat députent à Napoléon pour qu'il soit Consul à vie.

15 En 1791, un décret rend les gens de couleur admissibles dans les assemblées paroissiales et coloniales.

En 1796, traité de paix du roi de Sardaigne avec la République française, par lequel il lui cède la Savoie.

16 En 1791, décret qui porte que les représentants de la première législature ne pourront être réélus à la seconde.

En 1797, conquête de Venise par Bonaparte. L'arbre de la liberté est planté sur la place Saint-Marc.

En 1798, Treilhard est nommé Directeur à la place de François-de-Neufchâteau sortant.

En 1799, Schérer est dénoncé comme auteur des désastres de notre armée d'Italie.

En 1800, passage du Mont-Saint-Bernard par l'armée française, en tête le Premier Consul.

17 En 1793, dissolution de la commission des douze, rétablie le lendemain.

En 1797, révolution à Venise ; le pouvoir est confié indistinctement à toutes les classes de citoyens.

En 1799, Sieyes est nommé Directeur à la place de Rewbel.

18 En 1795, les montagnards s'emparent de l'arsenal de Toulon, et forcent le député Bruuel de mettre leurs confrères en liberté. Ce représentant se brûle la cervelle.

19 En 1789 , le Roi permet aux journalistes de rendre compte des séances des États - Généraux.

En 1798 , l'escadre française , montée par Bonaparte , sort du port de Toulon pour une expédition secrète.

En 1802 , une loi autorise le gouvernement à régler ce qui est relatif aux douanes. Une autre règle l'ouverture du canal de l'Ourcq. Une autre porte création de la Légion d'honneur. Le même jour la République signe la paix avec le duc de Wirtemberg.

20 En 1790 , organisation de la municipalité de Paris.

En 1792 , un décret fixe le nombre des jurés récusables par un accusé.

En 1793 , décret d'un emprunt forcé d'un milliard , réparti dans la proportion des fortunes.

En 1795, les terroristes soulèvent les faubourgs de Paris contre la Convention ; la famine et la malveillance organisent les bataillons. L'Assemblée est en état de siège... On coupe la tête du représentant Féraud ; on la promène dans l'Assemblée jusqu'à 11 heures du soir.... Plusieurs montagnards se déclarent pour les insurgés... La troupe de Paris , commandée par Pichegru , dissipe les factieux ; l'Assemblée fait arrêter les représentants complices de l'insurrection , et nomme une commission militaire pour les juger.

En 1800, passage du Danube par l'armée du Rhin.

21 En 1790, Restriction des soixante districts de Paris en quarante-huit sections.

En 1795, les faubourgs reviennent à la charge ; l'Assemblée est bloquée tout le jour par les rebelles, qui ont vingt pièces de canon, mèche allumée... A 5 heures on entre en pourparler, et la Convention capitule et promet de relaxer les rebelles qu'elle avait fait arrêter la veille.

En 1798, serment de haine à la royauté et à l'anarchie prêté par le nouveau tiers des députés entrant en fonction.

En 1799, levée du siège d'Acre, en Syrie, défendue par Smith, évadé des prisons de France. Le roi de Suède entre dans la coalition contre la France.

22 En 1790, le droit de paix et de guerre est déclaré appartenir à la nation.

En 1795, la Convention ordonne de briser toutes les cloches, et défend tout autre signe de ralliement que la cocarde nationale.

En 1798 les Anglais débarquent à Ostende, et laissent deux mille prisonniers sur nos bords.

23 En 1795, l'assassin du représentant Féraud, qui avait porté sa tête dans la Convention, est sauvé du supplice, et caché dans le faubourg Saint-Antoine dont la Convention fait faire le

siège le lendemain ; on prend les terroristes ,
on les désarme et on les envoie à une commission militaire.

24 En 1795 , défense aux femmes de s'immiscer
dans les sociétés politiques. Création d'une commission militaire pour juger les rebelles désignés ci-dessus.

En 1796, loi pour l'échange des petits assignats
contre des promesses de mandats.

En 1802, le pape publie, au consistoire de
Rome, la nomination des évêques français ,
et les libertés de l'Église Gallicane.

25 En 1793, la commune de Paris vient à la barre
de la Convention dénoncer plusieurs de ses
membres et demander la suppression de la commission des douze , qui a fait arrêter le Père
Duchêne.

En 1795, rapport du décret de déportation
de Collot-d'Herbois , Billaud-de-Varennes et .
autres renvoyés au tribunal de la Charente-
Inférieure.

26 En 1792, loi qui ordonne aux administrations
des départements de déporter tout prêtre insermenté à la demande de vingt citoyens
réunis.

En 1799, loi du timbre sur les avis , impri-
més, etc. Autre , du même jour, pour une sub-
vention extraordinaire de guerre. Même jour ,
entrée de Suwarow à Turin.

27 En 1797 , nomination de Barthélemy au Directoire. La haute cour nationale de Vendôme condamne à mort Babeuf et Darthé , chefs d'une conspiration jacobine. Ce procès a coûté 2 millions.

En 1800, le général Murat entre de vive force dans Verceil. Sanction de l'empereur d'Allemagne au plan général des indemnités à accorder aux électeurs.

28 En 1791 , un décret affecte le Louvre et les Tuileries au Roi, et à la réunion des monuments des sciences et des arts.

En 1793, première insurrection des Lyonnais contre les anarchistes de leur ville.

En 1795 , peine de mort contre deux complices du meurtre de Férand.

En 1803 , mort de Louis I, roi d'Etrurie. Organisation des compagnies des garde-côtes.

29 En 1793 , Châlier , procureur de la commune de Lyon , est guillotiné par le parti le plus fort.

En 1795 , la Convention fait arrêter tous les anciens membres de ses comités de gouvernement.

En 1800 , entrée des généraux Suchet à Nice , et Murat à Novarre.

En 1802 , le général Andréossi est nommé ambassadeur français en Angleterre.

En 1803 , la chambre de commerce de Paris

fait don à l'état d'un vaisseau de 120 pièces de canon.

30 En 1778 , mourut Voltaire, bon courtisan , grand poëte, philosophe , ambitieux de gloire. S'il eût vécu vingt ans plus tard eût-il écrit et pensé de même? La révolution qu'il fit éclore l'eût-elle laissé mourir dans son lit ?...

En 1790 , extinction de la mendicité. Établissement d'ateliers de charité.

En 1791 , Voltaire au Panthéon.

En 1792, Louis XVI est forcé de renvoyer la garde qu'il avait choisie conformément à la constitution.

En 1793 , établissement d'écoles primaires dans tous les lieux qui ont depuis 400 jusqu'à 1500 ames. Le même jour, réquisition de tous les citoyens, depuis 26 jusqu'à 45 ans , pour aller combattre les rebelles de la Vendée.

En 1794 , combat sanglant entre la flotte française et la flotte anglaise, sous les ordres des amiraux Villaret et Howe.

En 1794, le député Rhul , mis en arrestation , se suicide de désespoir.

En 1796 , fête nationale pour les victoires de la République.

En 1803 , règlement sur l'organisation et l'administration des monnaies.

31 En 1793 , insurrection des montagnards contre les girondins. Naissance du terrorisme. Les

Jacobins, qui avaient fait condamner Louis XVI, craignant que les opposants ne regagnent la faveur du peuple, se liguent avec les septembriseurs pour organiser le gouvernement, l'armée, les comités et le tribunal révolutionnaires, et la sanglante période de 1793 et 1794. La Convention est démembrée ; vingt-deux de ses membres sont mis en arrestation par les autres.

E.

JUIN.

1 EN 1786, le cardinal de Rohan, sorti de la Bastille, jugé en liberté pour l'affaire du collier, retourne à l'hôtel Soubise et se montre à son balcon pour remercier le peuple; au même moment le baron de Breteuil lui apporte une lettre de cachet qui l'exile à la Chaise-Dieu... En 1789 il est nommé représentant, et vient offrir ses services à la cour, qui lui tourne le dos. Il émigre en 1790....

2 En 1791, les prêtres insermentés, ayant loué l'église des Théatins de Paris pour y célébrer l'office, en sont chassés par les révolutionnaires, qui brisent l'autel et dispersent les fideles.

3 En 1790, chaque département ne forme qu'un diocèse.

En 1799, capitulation du château de Milan.

En 1800, le château de Bar se rend aux Français.

4 En 1789, le premier dauphin, âgé de sept ans, meurt à Meudon. Le duc de Normandie est nommé dauphin.

En 1790, le Roi fait dire à M. Chéron, généalogiste, que la noblesse étant détruite, il n'a plus de titres à recevoir.

En 1792, le ministre de la guerre propose, sans consulter le Roi, de former un camp de 20,000 hommes autour de Paris. L'Assemblée adopte son projet. Du même jour, le capucin Chabot fait un rapport sur l'existence d'un comité autrichien.

5 En 1791, le Roi perd le droit de faire grace ; Il fut rendu à Napoléon par un sénatus-consulte du 16 thermidor an 10 (4 août 1802.)

En 1795, Maure, député de l'Yonne, arrêté comme complice des désastres des journées précédentes, se suicide de désespoir.

En 1803, tous les départements offrent des vaisseaux au gouvernement ; chacun fait des chaloupes canonnières.

6 En 1793, plusieurs représentants protestent contre les arrestations du 31 mai, et ils sont arrêtés eux-mêmes.

En 1795, les insurgés de Toulon ont posé les armes.

En 1797, lord Malmesbury, en qualité de ministre anglais, vient à Paris pour traiter de la paix.

En 1801 paix de l'Espagne avec le Portugal, à condition que cette dernière puissance fermera ses ports aux Anglais.

7 En 1796, prise de Wesbourg.

En 1803, la ville de Rouen fait hommage au gouvernement d'un vaisseau de 74 canons, qui sera nommé Seine-Inférieure.

8 En 1790 , décret de liquidation d'offices de judicature.

En 1794 , Robespierre, qui avait fait fermer
toutes les églises et abolir tous les cultes , ré-
suscita l'Être Suprême , et fit une fête splen-
dide le 21 prairial (8 juin.)

En 1795 , le duc de Normandie , nommé
par Louis XVI pour lui succéder , meurt enfermé dans la tour du Temple. Il était né le
27 mars 1784.

En 1799, madame Victoire meurt à Trieste ,
d'une hydropisie de poitrine ; et madame Royale
épouse, à Mittau, le duc d'Angoulême , fils
aîné du comte d'Artois.

En 1799 , pompe funèbre, au Champ de
Mars , pour les représentants français assassinés
à Rastadt.

9 En 1777 , Louis XVI se blesse , à la chasse , en
coupant une branche de bois.

En 1790 , l'Assemblée constituante décrète
la liste civile , qui accordait au Roi 25 millions
pour sa maison , et deux ans après la Reine
est réduite à demander à la commune de quoi
avoir des habits de deuil.

10 En 1789 , le tiers-état , sur la motion de l'abbé
Sieyes , se constitue en Assemblée nationale ,
et vote par tête et non plus par ordre.

En 1790 , les deux partis se déclarent à Avignon ; les papistes et les révolutionnaires sont
au bord des fameuses glacières.

En 1793, partage des biens communaux. Organisation du Jardin des Plantes.

En 1794, loi du 22 prairial (10 juin). Robespierre, de retour de la fête de l'Être Suprême, fait décréter que les accusés n'auront plus de conseil, et la peine de mort contre tous les ennemis du peuple.

En 1795, restitution des biens aux familles des condamnés par le tribunal révolutionnaire.

En 1802, l'île d'Elbe est évacuée par les Anglais et prise par les Français.

11 En 1792, l'Assemblée déclare la patrie en danger.

En 1793, défense faite par la Convention, aux autorités constituées, de troubler les sociétés populaires.

En 1800, bataille, sur la rive gauche de l'Iser, gagnée par les Français.

En 1802, le capitaine général Leclerc, envoyé à Saint-Domingue, dénonce les trames de Toussaint-Louverture, et son embarquement pour la France.

12 En 1790, le service, dans la garde nationale, est déclaré nécessaire pour être citoyen actif.

En 1791, le Roi fait notifier au prince de Condé de rentrer en France sous quinze jours, conformément à la loi.

En 1792, pétition des huit mille, pour

E.

le Roi, contre la formation d'un camp sous Paris.

En 1794, la Convention décrète que ses comités n'enverront aucun député au tribunal révolutionnaire, sans un décret de l'Assemblée.

13 En 1792, changement de tous les ministres.

En 1795, prise de Luxembourg et de sa forteresse par les Français.

En 1799, bataille de Modène, gagnée par l'armée française de Naples.

14 En 1791, suppression des corporations, des maîtrises, et des privilèges accordés à ces anciens établissements.

En 1794, le parlement de Toulouse et quelques membres restant de celui de Paris, forment la fournée du tribunal révolutionnaire.

En 1800, Napoléon Bonaparte remporte, en Italie, la célèbre bataille de Marengo. Nous perdîmes, dans ce même jour, deux généraux d'un grand mérite, Desaix, qui fut tué sur le champ de bataille, et Kléber, en Egypte.

15 En 1795, bataille de la Fluvia, gagnée sur les Espagnols par notre armée des Pyrénées Occidentales.

En 1796, le général Hédouville est chargé du gouvernement de Saint-Domingue, et arrive dans cette colonie.

En 1803, l'ambassadeur hollandais quitte Londres pour retourner dans son pays.

16 En 1792, M. de La Fayette écrit à l'Assemblée contre le club des Jacobins.

En 1796, combat de Wetzlar.

En 1799, Masséna s'avance jusqu'aux portes de Zurich. Il est repoussé par le prince Charles.

En 1800, le château de Plaisance se rend aux Français.

17 En 1789, le tiers-état se constitue en Assemblée nationale.

En 1794, le tribunal révolutionnaire envoie à la mort la fille Renaud, avec sa famille, accusés d'avoir voulu assassiner Robespierre.

En 1796, Drouet, membre de la Convention, prévenu de complicité dans la conspiration de Babeuf en faveur des patriotes outrés, fait entendre ses moyens en comité général du conseil des cinq cents.

En 1798, M. Lacombe-Saint-Michel est nommé ambassadeur à Naples, à la place de M. Garat appelé au Corps Législatif.

En 1799, l'armée française entre à Naples, et fait le siège de la citadelle de cette ville.

En 1800, le Premier Consul fait chanter un *Te Deum* à Milan, en action de graces de la victoire de Marengo. Le Premier Consul est conduit sous le dais, et prend place sur l'estrade destinée aux premiers magistrats de l'empire d'Occident.

En 1801, la Russie et l'Angleterre font une

convention contre la France, à laquelle la Suède et le Danemarck sont invités. Cette dernière puissance y accéda après avoir délibéré pendant deux mois.

En 1803, le département de la Gironde offre à l'état, un vaisseau de 80 canons, qui portera le nom de la Gironde.

18 En 1791, un décret de l'Assemblée supprime les charges de la maison du Roi et de la Reine.

En 1792, l'Assemblée, dérogeant à toutes les lois antérieures sur les droits féodaux, casuels, censuels, etc., les abolit sans indemnité, et n'excepte que ceux qui existeraient sur des titres prouvant authentiquement une concession de fonds.

En 1794, Ladmiral et la fille Regnaud, prévenus d'avoir attenté à la vie du représentant Collot-d'Herbois, sont mis à mort.

En 1795, les députés Soubranis, Duquesnoi, Duroy, Bourbotte, et autres membres de la Convention, sont jugés à mort, pour avoir trempé dans l'insurrection des faubourgs, arrivée quelques jours auparavant.

En 1796, les Français font l'ouverture de la tranchée devant Mantoue.

En 1797, Camille Jourdan fait un rapport en faveur des prêtres insermentés ; il invoque la liberté des cultes et réclame l'usage des cloches.

En 1799, sanglante bataille de la Trébia, entre les généraux Macdonald et Suwarow ; les Français et les Russes, après avoir long-temps combattu, ne savaient encore pour qui la victoire inclinait ; mais les Russes restèrent maîtres du champ de bataille.

19 En 1789, la chambre du clergé vote pour la réunion des trois ordres.

En 1790, la noblesse héréditaire et les titres de comtes, marquis, sont supprimés. Le même jour, l'Assemblée décrète que les quatre statues de la place des Victoires seront enlevées, pour qu'il ne reste aucun vestige de la féodalité.

En 1792, les Français évacuent Menin, Ypres et Courtrai. Jarry met le feu aux faubourgs de cette dernière ville.

20 En 1789, la salle de l'Assemblée ayant été fermée, les représentants se rendirent au Jeu de Paume ; ils y prêtèrent le serment de ne point se séparer sans donner une constitution à la France.

En 1790, l'Assemblée reçoit une députation de différents personnages conduits par Anacharsis-Cloots, qui les nomme ambassadeurs de tous les peuples de l'univers à l'Assemblée nationale.

En 1792, les faubourgs Saint-Marceau et Saint-Antoine font une irruption au château des Tuileries, dans l'appartement du Roi, pour lui arracher sa sanction au décret sur les émigrés et les prêtres insermentés.

21 En 1790, le Roi sanctionna l'abolition de la noblesse, le même jour qu'il en avait promis le maintien au duc de Luxembourg.

En 1791, le Roi se sauve de Paris pendant la nuit ; il prend la route de Montmédi. La garde nationale est sur pied ; la générale bat. L'Assemblée enjoint au ministre de sanctionner ses décrets sans avoir recours au Roi.

En 1799, Suwarow se rend maître de la citadelle de Turin.

22 En 1789, la majorité du clergé se réunit au tiers-état, dans l'église de Saint-Louis, à Versailles.

En 1791, le Roi est arrêté à Varennes. La municipalité de cette ville envoie à l'Assemblée pour savoir ce qu'elle doit faire.

En 1792, le lendemain de l'irruption des faubourgs dans le palais du Roi pour lui arracher sa sanction, il écrit à l'Assemblée et déclare, dans une proclamation, que, ni la force, ni la violence ne le feront jamais consentir à ce qui est contraire au bonheur de son peuple.

En 1795, échelle de proportion établie par un décret, pour le remboursement et les recettes de l'état et du commerce, d'après l'émission des assignats.

En 1803, les Anglais se rendent maîtres de l'île de Sainte-Lucie ; la garnison en sort avec les honneurs et repasse en France.

25 En 1789, séance royale, dans laquelle le Roi casse les arrêtés du tiers-état.

En 1791, l'Assemblée envoie trois de ses membres pour ramener le Roi à Paris.

En 1794, Chemilly, valet-de-chambre de Louis XVI, recommandé à la nation par le Roi, au moment d'aller à la mort, est guillotiné par le tribunal révolutionnaire.

En 1799, le conseil des Cinq-cents renvoie au Directoire plusieurs dénonciations graves contre Schérer.

En 1803, le département de la Manche offre à l'état une frégate, qui sera nommée la Manche.

24 En 1791, incorporation, au besoin, des gardes nationales dans les troupes de ligne.

En 1793, la Convention soumet sa constitution à l'acceptation des Français.

En 1795, projet d'une nouvelle constitution, présenté par Boissy-d'Anglas. Le même jour, Rafet est nommé commandant temporaire de la place de Paris.

En 1797, le conseil des Cinq-cents renvoie à une commission, les opinions de quelques uns de ses membres, contraires à nos opérations de guerre en Italie.

En 1803, le Premier Consul fait un voyage dans les départements du nord de la France.

25 En 1789, le duc d'Orléans, avec la minorité de la noblesse, se réunit au tiers-état

En 1791, retour du Roi à Paris : les habitants des faubourgs, qui se trouvent sur son passage, forcent tous les citoyens d'avoir la tête couverte.

En 1794, l'abbé Dadouville, fils naturel de Louis XV, non reconnu, est condamné à mort par le tribunal révolutionnaire.

En 1802, traité de paix entre la France et la Porte Ottomane.

26 En 1790, nouvelle organisation de la marine.

En 1793, formation d'un quatre-vingt-septième département nommé Vaucluse.

En 1793, la Convention décrète d'accusation le général Wimpfen, pour avoir accepté le commandement des bataillons nommés fédéralistes, qui voulaient marcher contre elle pour remettre en liberté les représentants détenus par l'insurrection du 31 mai de la même année.

27 En 1793, la Convention décrète que le traitement des ecclésiastiques fait partie de la dette publique. Elle autorise en même temps les personnes condamnées aux fers, dans l'ancien régime, à se pourvoir par les nouvelles lois.

En 1794, bataille de Fleurus, contre les Autrichiens et les Anglais, gagnée par les Français. Le même jour, le député Osselin, rédacteur des lois contre les émigrés, est mis à mort pour avoir recélé une émigrée.

En 1800, les Consuls arrêtent la translation du corps du général Desaix, mort à Marengo, au couvent du Grand-Saint-Bernard.

28 En 1791, décret pour la nomination d'un gouverneur de l'héritier de la couronne.

En 1791, le duc d'Orléans, voyant le Roi parti, écrit à l'Assemblée, qu'il renonce à la régence...

En 1792, M. de La Fayette se présente à l'Assemblée, au nom des troupes, pour se plaindre des excès commis envers le Roi le 20 juin.

En 1794, le maréchal de Mouchi, la duchesse de Biron, Victor Broglie et le fameux Linguet, sont mis à mort.

29 En 1795, les Anglais débarquent à Quiberon l'élite de l'ancienne marine de France, qu'ils font massacrer. Ce jour vit périr le célèbre Froger-l'Aiguille, l'Archimède français et l'émule de Dupavillon.

En 1799, un décret appelle aux armes toutes les classes de conscrits, et ordonne un emprunt de 100 millions.

En 1802, un bref du Pape rend à la vie séculière et laïque, M. de Talleyrand, ancien évêque d'Autun, ministre des relations extérieures.

30 En 1792, M. de La Fayette est brûlé en effigie, au Palais Royal, pour son improbation à la journée du 20 juin de la même année.

En 1793, un député de Rhône-et-Loire aunonce que les chefs de son département ont soulevé le peuple contre la Convention. Invitation à tous les citoyens d'inscrire sur leurs maisons : *Liberté, Egalité, Indivisibilité de la République, Fraternité ou la mort.*

En 1796, l'armée française s'empare de Milan.

En 1797, le Directoire de la République cisalpine est installé à Milan par Bonaparte.

JUILLET.

1 EN 1789, l'Assemblée demande au Roi la grace des Gardes Françaises qui ont été arrachés de l'abbaye par le peuple. Le Roi l'accorde.

En 1792, pétition de vingt mille citoyens de Paris, contre les auteurs de la journée du 20 juin.

En 1795, la Convention ratifie le traité d'échange de la fille de Louis XVI pour les quatre représentants détenus par l'Autriche. La liberté est rendue à tous les Bourbons restés en France.

En 1800, les Consuls ordonnent d'élever un monument à Oberhausem, lieu où Latour-d'Auvergne a été tué.

2 En 1793, la Convention fixe à 18 liv. le traitement des jurés du tribunal extraordinaire. Le même jour, Henriot est nommé commandant-général de la garde nationale.

En 1798, prise d'Alexandrie, en Egypte, par le général Bonaparte.

En 1800, retour de Bonaparte à Paris, après sa victoire de Marengo. On le reçoit au bruit du canon, et le soir illuminations et réjouissances dans toute la ville.

En 1802, organisation de la Légion d'honneur.

3 En 1793 , la Convention décrète d'accusation les principaux fonctionnaires publics de la ville de Lyon.

En 1809 , Barnabé Chiaramouti , Pie VII, fait son entrée à Rome.

4 En 1791 , l'Assemblée remplace la chambre des comptes par un bureau de comptabilité.

En 1792 , le Roi exprime à l'Assemblée son désir de se réunir à elle pour la fédération : désirant , dit-il , se trouver au milieu de son peuple , pour lui répéter combien il est jaloux de son amour.

En 1793 , les enfants trouvés sont déclarés enfants de la patrie. Robert Lindet annonce , à la tribune, que les représentants qui se sont soustraits à leur mandat d'arrêt , insurgent leurs départements, et organisent une nouvelle Vendée.

En 1794 , nouveau tarif pour le timbre , les visa et les papiers timbrés.

5 En 1789 , les troupes allemandes approchent de toutes parts pour cerner les États-Généraux.

En 1801 , combat naval dans la baie d'Algésiras. Les Français, commandés par le contre-amiral Linois , ont l'avantage.

6 En 1792 , Pétion , maire de Paris , est suspendu de ses fonctions par le département , pour n'avoir pas prévenu le mouvement du 20 juin.

En 1794 , le tribunal révolutionnaire condamne à mort soixante-neuf personnes, parmi lesquelles sont les membres restants du parlement de Paris.

En 1799, nomination du général Championnet, général en second de l'armée des Alpes.

7 En 1792, l'Assemblée, sur la proposition de Lamourette, fait, par un mouvement simultané, le serment de ne jamais souffrir aucune altération à l'acte constitutionnel, quel que soit le vœu du peuple, ou de ses représentants, pour le gouvernement républicain ou monarchique. Le Roi, ravi de l'enthousiasme dés députés pour le bonheur du peuple et la conservation du monarque, vient leur en témoigner sa reconnaissance.

En 1794, les députés Guadet, Salles et Barbaroux, mis hors la loi, sont mis à mort à Bordeaux.

En 1798, le Directoire fait, pendant un mois, des visites domiciliaires pour trouver les agents de l'Angleterre.

En 1799, le Directoire accorde une amnistie aux déserteurs de l'armée et des gens de mer.

8 En 1793, première uniformité du Code civil.

En 1794, les députés Pétion, ancien maire de Paris, ancienne idole du peuple, mis hors la loi et son collègue Buzot, sont trouvés morts de misère dans un champ....

9 En 1791, les émigrés qui ne seront pas rentrés

F.

sous trois mois sont taxés à une double im-
position.

En 1794, les condamnés par sentences du
tribunal révolutionnaire sont suppliciés à la
barrière du Trône, nommée alors barrière du
Trône-Renversé.

En 1796, Cambacérès présente un nouveau
Code civil. L'Assemblée prononce le décret d'accusation contre Drouet, ancien représentant
à la Convention.

En 1797, la République cisalpine est proclamée à Venise, avec la constitution française
adaptée aux localités.

10 En 1791, l'Assemblée sanctionne, par un décret,
le secret de l'inviolabilité des lettres.

En 1792, tous les ministres, ennuyés des
dénonciations faites contre eux, donnent tous
leur démission.

En 1794, le célèbre et malheureux Lachalotais,
procureur-général du parlement de Rennes,
qui le premier s'insurgea contre le duc d'Ai-
guillon, par qui il fut condamné à mort et sauvé
par le ministre Choiseul, est exécuté par sen-
tence du tribunal révolutionnaire, ainsi que
le fils du célèbre comte de Buffon, avec Parisot,
auteur d'un journal anti-anarchique. Le même
jour, la Convention décrète que les fournisseurs
et créanciers de la République, seront payés en
bons sur le grand livre.

11 En 1789, le Roi enjoint à M. Necker de quitter le royaume promptement et sans bruit.

En 1790, le duc d'Orléans revient d'Angleterre pour se montrer au peuple, prêter le serment civique et aller à la Fédération.

En 1791, Voltaire, apporté en grande pompe à Paris, est placé à Sainte-Geneviève.

En 1793, la Reine, à la tour du Temple, est séparée du Dauphin par un décret de la Convention. Le même jour, Couthon annonce que les autorités rebelles de Lyon ont mis la Montagne et la Convention hors la loi.

12 En 1790, les biens de fondation donnés au clergé sont déclarés à la nation.

En 1792, l'Assemblée législative, en décrétant le cérémonial de la Fédération du 14 juillet, ordonne que le Roi sera placé à la gauche de son président et sur la même ligne.

En 1793, l'armée des fédéralistes du Calvados est repoussée devant la ville d'Evreux. Le même jour, la Convention autorise le département de Saône-et-Loire à lever une force armée suffisante pour opposer aux Lyonnais. Les députés Reverchon et Laporte sont nommés commissaires dans ce département pour assurer l'exécution de cette mesure.

En 1794, l'actif et le passif des hôpitaux sont réunis aux domaines nationaux.

En 1795, la Convention ordonne à tout

étranger, natif d'un pays en guerre avec la France, de sortir du territoire, s'ils n'y sont domiciliés avant le premier janvier 1792.

En 1799, une société politique s'établit dans la salle du Manège, ancien domicile des Assemblées constituante, législative et conventionnelle ; rasée aujourd'hui, 1808, par ordre de l'Empereur Napoléon, pour faire la rue de Rivoli.

En 1801, organisation de la caisse d'amortissement.

En 1802, arrêté relatif à l'administration des biens affectés à la Légion d'honneur.

15 En 1788, un furieux ouragan surprit Louis XVI et Monsieur, à leur retour de Rambouillet à Versailles ; ils se réfugièrent sous un hangard. Il tomba des glaçons du poids de deux livres. La disette, qui suivit cet orage, devint un des grands ressorts de la révolution de 1789. Elle commença le même jour.

En 1789, pillage de la maison de Saint-Lazare. Enlèvement d'armes et de munitions aux Invalides, au Garde-Meuble de la couronne. Armement des Parisiens.

En 1791, Établissement d'une conscription libre de gardes nationales, dans le tirage d'un sur vingt, et formule du serment à prêter par les troupes.

En 1792, l'Assemblée législative lève la suspension du Maire de Paris, inculpé de malveillance et de complicité dans la sédition du 20 juin précédent.

En 1793, neuf citoyens d'Orléans, dénoncés par Léonard Bourdon, comme auteurs d'une provocation d'assassinat sur sa personne, sont mis à mort par le tribunal révolutionnaire.

Le même jour Marat est assassiné, dans son bain, par Charlotte Corday, dont il avait dénoncé la famille.

En 1794, Souché d'Alvinart, gouverneur des pages du Roi, et plusieurs autres personnages aussi marquants, sont condamnés à mort par le tribunal révolutionnaire.

En 1799, le Directoire, pour réprimer le brigandage et les assassinats qui se commettent dans l'intérieur, en rend les anciens nobles responsables, et autorise les administrations à prendre des otages parmi les parents des émigrés et des ci-devant nobles.

14 En 1789, prise de la Bastille. Fameuse journée, dite de la souveraineté du peuple. Flesselle, prévôt des marchands, Delaunay, gouverneur de la Bastille, sont accrochés à la lanterne de la Grève, coupés en morceaux, et leur tête portée au bout des piques.

En 1790, grande célébration de cette journée sous le nom de Fédération.

En 1792, le Roi, avec sa famille, va à la Fédération, où il est insulté. Les assistants écrivent sur leurs chapeaux : Vive Pétion, maire de Paris, et la Liberté, mort aux tyrans.

En 1793, la Convention ordonne au général Kellermann de faire marcher son armée sur Lyon.

En 1795, les ci-devant collèges sont affectés à l'instruction publique.

15 En 1789, le Roi se rend à l'Assemblée sans gardes. Il y parle la tête découverte. Le même jour, le duc d'Orléans monte au château, demander à sa majesté la place de lieutenant-général du royaume... Le peuple démolit la Bastille, met les prisonniers en liberté, et continue l'insurrection.

En 1791, M. de Bouillé, et tous les complices de la fuite du Roi, sont décrétés justiciables à la haute cour nationale.

En 1793, Marat est exposé dans l'église des Cordeliers, et enterré dans l'enclos du cloître, où il se réfugia tant de fois du temps de la monarchie, pour se soustraire aux mandats d'arrèt. Son cœur est porté à la société des Cordeliers, rue Dauphine. Elle fait l'apothéose de cet ami du peuple, et le compare à J. C., et son épouse à la Sainte-Vierge.

En 1795, emprunt d'un million à 5 pour 100 d'intérèt.

En 1799, le conseil des Cinq-cents, sur la motion de Lucien Bonaparte, jure fidélité à la Constitution... Dans le même moment, les sociétaires du Manège faisaient les motions les plus anarchistes et les plus incendiaires.

16 En 1787 , le parlement de Paris arrête qu'il demandera au Roi les États-Généraux.

En 1789, le Roi promet , aux commissaires de l'Assemblée nationale , le rappel de M. Necker au ministère. M. Bailly est nommé maire de Paris , et M. La Fayette commandant de la garde nationale.

En 1802, les militaires qui ont obtenu des armes d'honneur sont répartis dans la Légion d'honneur.

17 En 1789, le Roi se rend à Paris , pour apaiser la fermentation. M. Bailly le reçoit aux portes de la ville, et lui dit : « Henri IV conquit « autrefois sa bonne ville de Paris , Paris au- « jourd'hui vient de conquérir son Roi. » Le maire, pour en avoir la preuve , fait accepter à Louis XVI la cocarde nationale ; et le Roi retourne à Versailles , au milieu des applaudissements.

En 1791 , depuis le matin , des attroupements se forment au Champ de Mars. Les motionneurs pendent un individu près de l'autel de la patrie , et agitent la question de la suspension du Roi. Le soir, la municipalité proclame la loi martiale , et fait feu sur les rebelles qui refusent de se retirer.

En 1792 , un décret de l'Assemblée enjoint aux deux tiers des Gardes-Suisses , de partir pour les frontières.

En 1799, évacuation, par les Français, de Livourne et de l'île d'Elbe.

18 En 1793, la Convention investit son comité de salut public du pouvoir de lancer des mandats d'arrêt.

En 1794, les repas fraternels. La confusion de tous les citoyens qui fraternisaient tous les soirs aux flambeaux, en ne formant qu'une même table, à l'exemple des anciens Grecs régénérés par Licurgue, donne de l'ombrage au comité de salut public; il fait un rapport à ce sujet, et les fait cesser.

19 En 1790, règlement d'uniformité de l'habillement en bleu pour toutes les gardes nationales.

En 1792, décret de vente des palais épiscopaux. Indemnités accordées aux nouveaux évêques pour leur logement.

En 1793, la Convention décrète que tout prêtre qui se marie ne peut être privé de son traitement. Elle condamne à la déportation tout évêque qui s'opposerait à ces mariages.

20 En 1790, l'Assemblée exempte les juifs du paiement pour le droit d'habitation, de protection et de tolérance.

En 1794, Rouxel-Blanchelande fils, âgé de 20 ans, est condamné à mort par le tribunal révolutionnaire, pour avoir été aide-de-camp de son père aux colonies.

En 1798, une loi dispense les indigents de

consigner leur amende pour se pourvoir en requête civile.

21 En 1794, la Convention décrète qu'aucun acte public ne peut être inscrit qu'en français.

En 1798, une loi porte que la journée du 18 fructidor an 5 (5 septembre 1797), sera consacrée par une fête.

22 En 1789, le peuple va chercher M. Foulon, intendant de la marine, lui met du foin dans la bouche, le pend à la Grève, lui coupe la tête, va la présenter à son gendre Berthier, intendant de Paris, qui, bientôt après, subit le même sort.

En 1795, paix entre l'Espagne et la République française.

En 1798, Napoléon Bonaparte se rend maître de la ville du Caire, en Egypte.

23 En 1794, le tribunal révolutionnaire condamne à mort les princes de Montbazon, de Rohan, les comtes de Gouy-d'Arcy, ex-constituant, de Beauharnais, et autres.

En 1795, rétablissement du droit de patentes pour toute espèce de commerce.

En 1802, convocation extraordinaire des conseils municipaux, pour constater l'état du passif et de l'actif, et des dépenses de chaque commune.

24 En 1792, l'Assemblée, voyant que le Roi persiste à faire fermer les Tuileries, décrète que la terrasse des Feuillants, dans l'intérieur du jardin, fait partie de l'enceinte du Corps Lé-

G

gislatif, et par-là elle autorise le peuple à entrer dans le jardin.

En 1797, le conseil des Cinq-cents envoie un message au Directoire, pour s'assurer si Barras a l'âge requis pour la place de Directeur qu'il occupe, et dont il désirait qu'il donnât sa démission.

25 En 1792, les sections de Paris se déclarent en permanence, d'après la proclamation que la municipalité de Paris a faite, le 22 du présent, au son du canon, que la patrie est en danger. Le drapeau où sont écrits ces mots flotte sur l'Hôtel-de-Ville; et toutes les sections élèvent des théâtres pour inscrire indistinctement tout individu qui se présente pour servir la patrie et la liberté contre les traîtres de l'intérieur et de l'extérieur.

En 1793, loi pour l'administration, la vente des biens et la liquidation des dettes des émigrés.

En 1794, le duc de Roquelaure, le comte de Bourdeil, le fameux baron de Trenck, Roucher, auteur du Poëme des Mois, et André Chénier, sont mis à mort par jugement du tribunal révolutionnaire.

26 En 1795, loi portant impôt sur les poêles, voitures, cheminées, etc.

En 1797, loi qui défend aux sociétés particulières de s'occuper de politique.

En 1799, bataille d'Aboukir.

27 En 1787, le parlement fait des remontrances au Roi sur l'impôt du timbre.

En 1792, M. d'Éprémesnil, l'instigateur de ces remontrances, devenu odieux à ce même peuple, qui l'idolâtrait avant les États-Généraux, est reconnu sur la terrasse des Feuillants, assailli à coups de pierres, et se sauve miraculeusement chez Pétion, à qui il prophétise sa fin tragique.

En 1792, un décret ordonne la confiscation et la vente des biens des émigrés au profit de la nation.

En 1793, suppression de la prime pour la traite des nègres.

En 1794, Robespierre dénonce de nouvelles prétendues conspirations... La Convention se réveille, et le régime de la terreur touche à sa fin.

28 En 1789, retour de M. Necker à Paris.

En 1793, le général Custine est décrété d'accusation. Capitulation de la ville de Valenciennes. La Convention déclare traitres à la patrie Buzot, Barbaroux, Gorsas, etc.

En 1794 (9 thermidor), chute de Robespierre et de ses complices. Entrée de l'armée de Sambre-et-Meuse dans la ville de Liège.

En 1800, le ministre des relations extérieures envoie au Premier Consul les préliminaires de la paix avec l'empereur d'Allemagne.

29 En 1794, le tribunal révolutionnaire et le département de Paris viennent féliciter la Convention d'avoir sauvé la patrie... (10 thermidor) mort de Robespierre et de ses complices ; la commune de Paris est mise hors la
loi. Robespierre a la mâchoire fracassée d'un
coup de pistolet, et le soir il est supplicié avec
Couthon, Saint-Just, Lebas, Henriot et autres.
Le tribunal révolutionnaire est mis en arrestation, la loi du maximum est abolie, et ce
jour voit finir le long siècle de terreur.

En 1802, lettre des Consuls au Sénat, pour
l'inviter à se charger du dépouillement des votes
sur le consulat à vie de Napoléon Bonaparte.

30 En 1791, un décret supprime les ordres de che-
valerie.

En 1792, arrivée des Marseillais à Paris ;
ils impriment la terreur par leurs excès, ils
proscrivent les cocardes de rubans, et ils as-
somment M. Duhamel.

En 1793, les corps administratifs du Calvados
reconnaissent la Convention et acceptent sa constitution. Ils annoncent que l'armée fédéraliste
n'existe plus.

En 1794, Coffinal, vice-président du tribunal révolutionnaire, mis hors la loi, est dénoncé par son débiteur, à qui il allait demander
de l'argent, et est envoyé à la mort.

31 En 1793, décret pour retirer de la circulation
et démonétiser les assignats à face royale. Le

même jour, la Convention nationale décrète que l'armée de Mayence partira en poste pour réduire les insurgés de la Vendée.

En 1795, M. Quirini, ambassadeur de Venise, est reçu au sein de la Convention.

En 1798, le collège des Boursiers est installé par le ministre de l'intérieur, qui change son nom en celui de Lycée, comme plus convenable aux enfants dont les pères ont bien mérité de la patrie.

En 1801, institution d'un corps de gendarmerie d'élite.

G.

AOUT.

1 En 1790, décret contre les libellistes.

En 1793, tous les officiers de santé depuis dix – huit ans jusqu'à quarante-cinq sont à la disposition du ministre de la guerre.

La Reine est envoyée au tribunal révolutionnaire. Tous les Bourbons, excepté ceux détenus au Temple, sont chassés hors du royaume.

Un décret du même jour ordonne la coupe des récoltes et des forêts de la Vendée, l'incendie des maisons des rebelles, et l'envoi d'un grand nombre de matières combustibles de toute espèce pour brûler les taillis, les genêts, et faire de ce pays un monceau de cendres.

Une autre loi met en arrestation tous les individus des pays aves lesquels la République est en guerre.

En 1794, la Convention, réveillée depuis la mort de Robespierre, retire à ses comités de salut public et de sûreté générale le pouvoir de mettre en arrestation tous les citoyens, sans en excepter les représentants du peuple·

En 1798, bataille d'Aboukir, en Égypte ; le pavillon français maltraité méritait cette devise : *Victis honos, fortuna victori.* L'amiral

Bruix, plus prudent que Nelson, perdit, en se défendant avec courage selon les règles de l'art et l'avantage des localités , ce que la fortune n'accorda qu'à l'heureuse témérité de son adversaire, qui aurait porté sa tête à l'échafaud s'il eût éprouvé le revers qu'il méritait par son imprévoyance.

2 En 1790, monsieur Bailly est réélu à la place de maire, et l'Assemblée reçoit des nouvelles désastreuses de la révolte des gens de couleur du fort Saint-Pierre de la Martinique.

En 1793, l'Assemblée décrète que les cocardes nationales peuvent être de toutes sortes d'étoffes, pourvu qu'elles soient tricolor ; tout citoyen est tenu d'en porter une.

En 1794, la loi du 22 prairial sur l'organisation du tribunal révolutionnaire est rapportée, au milieu de l'enthousiasme général.

En 1799, Napoléon Bonaparte reprend la rade et le fort d'Aboukir.

En 1802 , Napoléon Bonaparte Consul à vie.

En 1803 , une bulle du pape Pie VII adhère à la réduction des évêchés du Piémont.

3 En 1789, l'Assemblée assure, par un décret, la liberté des personnes et le maintien des propriétés.

En 1792, le maire de Paris, Pétion, présente une pétition à l'Assemblée, au nom des sections de Paris, pour obtenir la déchéance du Roi.

En 1793, le conseil général de Lyon envoie son acceptation de la constitution, et termine sa circulaire en demandant à la Convention si cette conduite ne fera rien changer aux dispositions hostiles que l'on manifeste aux citoyens de Lyon? On passe à l'ordre du jour.

4 En 1789, nuit célèbre dans laquelle la petite noblesse fit, par ambition de popularité, le sacrifice de ses prérogatives. Cette conduite fut imitée par quelques membres du haut clergé, et par des comtes et des barons, qui avaient à leur tête le duc d'Orléans. Le lendemain, ces résolutions civiques furent présentées au Roi, qu'on nomma le restaurateur de la liberté pour obtenir sa sanction, qu'il refusa; et ce refus fit naître la fameuse question du Véto absolu ou suspensif.

En 1793, le citoyen Semonville, ambassadeur de la République française, est arrêté en Suisse, par les agents de l'Autriche.

5 En 1789, décret pour la libre circulation des grains dans l'intérieur du royaume.

En 1790, création des juges de paix et des tribunaux de famille.

En 1791, M. Thouret donne lecture à l'Assemblée de la nouvelle constitution.

6 En 1793, la Convention reçoit la nouvelle qu'une armée de vingt mille patriotes est aux portes de

Lyon, pour réduire les rebelles, et qu'une heure après la première sommation, une grêle de boulets et de bombes va écraser la ville.

En 1802, arrèté relatif à la conscription et à la formation d'une armée de réserve.

7 En 1789, M. Necker propose à l'Assemblée nationale un emprunt de 30 millions.

En 1791, institution des jurés.

En 1795, suppression des certificats de civisme.

8 En 1790, l'Assemblée nationale ordonne à la caisse d'escompte de faire, au trésor public, un versement de 40 millions.

En 1791, l'Assemblée revise la constitution.

En 1792, M. de La Fayette, accusé à l'Assemblée de conspirer en faveur de la cour, par son improbation à la journée du 20 juin, est déclaré absous par la majorité de l'Assemblée.

En 1793, les Lyonnais en sont aux mains avec les troupes de la République. Le même jour, la Convention supprime toutes les académies, ainsi que toutes les sociétés littéraires patentées ou dotées par la nation.

En 1796, passage du Mincio.

En 1797, adresses des armées contre la conduite du Corps Législatif : plaintes du conseil des Cinq-cents au Directoire à ce sujet.

En 1803, plusieurs bâtiments anglais se présentent devant Boulogne; les chaloupes canonnières les forcent à lever l'ancre.

9 En 1790 , l'Assemblée prend des mesures contre
plusieurs écrits qui prêchent l'insurrection aux
soldats.

En 1792 , Pétion , maire de Paris , qui ,
six jours avant , était venu à l'Assemblée
demander , au nom des sections , la destitution
de Louis , voulant se mettre à couvert de l'orage
qui gronde des deux côtés , vient annoncer à
la barre de l'Assemblée , qu'une insurrection
terrible doit éclater le lendemain , que le tocsin
sonnera , et qu'il craint de n'avoir pas assez de
moyens pour arrêter le mouvement qui se prépare. On passe à l'ordre du jour....

En 1795 , arrestation de plusieurs membres
de la Convention, par suite de la journée de
prairial.

En 1796 , le conseil des Cinq-cents convoque
la haute cour nationale à Vendôme.

10 En 1788, on publie et on affiche, à Versailles,
l'assemblée des États-Généraux et la suspension
de la cour plénière.

En 1790, la colonie de Saint-Domingue envoie
à l'Assemblée les bases de sa nouvelle constitution....

En 1792, siège du palais des Tuileries. Le
Roi et sa famille se sauvent à l'Assemblée , les
Suisses sont égorgés, le palais est forcé ; Louis
XVI est prisonnier, et ce jour voit finir une
monarchie qui comptait dix-huit siècles. L'As-
semblée convoque une Convention nationale ,

réforme le ministère et donne force de loi à tous les décrets rendus jusqu'à ce jour.

En 1793, les députés des quarante-quatre mille communes de la République déposent leur acceptation de la constitution, qui est proclamée par Hérault-de-Séchelles, président de la Convention.

En 1795, anniversaire du 10 août.

En 1797, le conseil des Cinq-cents demande au Directoire, Qui a donné l'ordre de faire avancer les troupes au-delà des limites marquées par la loi ?

11 En 1790, discussion sur l'affaire des 5 et 6 octobre de l'année précédente.

En 1792, un décret accorde 30 s. par jour aux Marseillais, et leurs frais de route et de séjour à Paris ; un autre ordonne l'enlèvement des statues des rois, le renouvellement du ministère, des juges de paix et des comités de section, accusés d'attachement à la constitution. Tous les ambassadeurs quittent Paris.

En 1796, le tribunal criminel de la Seine, en acquittant Quatremere-de-Quinci, contumace, condamné à mort pour les évènements de vendémiaire, déclare qu'il n'est pas constant qu'il y ait eu conspiration contre la représentation nationale.

En 1800, les Consuls arrêtent qu'à compter du deuxième sémestre de l'an VIII, les rentes et pensions de l'état seront payées en numéraire.

En 1789, établissement des comités ecclésiastiques, de judicature et de féodalité.

En 1790, organisation du tribunal de cassation.

En 1794, les juges et jurés du tribunal révolutionnaire sont renouvelés. La question intentionnelle est décrétée, et entre dans la série des faits à charge et à décharge pour et contre les accusés.

En 1796, nos armées d'Italie, de Rhin-et Moselle, sont couronnées par plusieurs victoires.

En 1799, les Jacobins, chassés du Manège, se réfugient dans l'église de la rue du Bacq, d'où le Directoire les expulse.

En 1800, MM. Portalis, Tronchet, Bigot-Préameneu et Malleville, sont nommés rédacteurs du nouveau projet de constitution.

En 1801, le Roi de Toscane, élevé sur le trône par Bonaparte, prend possession de ses états sous le nom de Louis I.

En 1803, retour du Premier Consul à Saint-Cloud, après son voyage dans les départements du nord... Le souvenir de ce retour me fait verser des larmes de joie ; Bonaparte tint, peu de jours après, un conseil d'état particulier où il prononça ma liberté, que j'attendais de sa justice, après trois ans d'exil et dix-huit mois d'arrestation....

13 En 1789, Louis XVI est nommé restaurateur

de la liberté. On chante un *Te Deum* d'action de grace.

En 1792, il est enfermé au Temple avec sa famille.

En 1797, réorganisation de la garde nationale sédentaire.

En 1800, le général Brune est nommé général en chef de l'armée d'Italie.

14 En 1790, décret sur les apanages du Roi et des princes français.

En 1792, loi du serment de liberté et d'égalité.

En 1797, rixe entre les jeunes gens et les clubistes, pour les collets rouges et noirs ; ces derniers formant le point de ralliement des royalistes, et l'autre costume celui des modérés et des anarchistes....

En 1785, le cardinal de Rohan est arrêté à Versailles pour l'affaire du collier.

15 En 1787, le parlement de Paris refuse d'enregistrer l'édit du timbre et l'impôt territorial. Le Roi l'exile à Troyes, en Champagne.

En 1789, le serment au Roi et à la nation est prêté par les Suisses, entre les mains de M. de La Fayette.

En 1790, l'Assemblée invite le Roi à désigner les maisons de plaisance qu'il désire conserver.

En 1792, les familles des émigrés sont consignées dans leurs municipalités respectives. Les commissaires envoyés par l'Assemblée à l'armée de La Fayette, sont arrêtés à Sédan. M. Duport-Dutertre, garde des sceaux, et plusieurs ministres et membres de l'Assemblée constituante, sont décrétés d'accusation.

En 1798, traité d'alliance offensive et défensive contre la France, entre l'empereur d'Allemagne et le roi des Deux-Siciles.

En 1799, le conseil des Cinq-cents se réunit en comité secret, pour examiner les dénonciations contre les ex-Directeurs.

En 1801, combat devant Boulogne, où les Anglais perdent huit bâtiments et quatre à cinq cents hommes.

En 1802, félicitation de tous les corps constitués à Bonaparte, nommé Consul à vie.

En 1807, fête de Napoléon et de la paix avec la Russie...

16 En 1789, la disette se fait sentir à Paris. En 1790, nouvelle de l'insurrection des régiments de Nanci. Décret pour en faire punir les auteurs.

En 1795, la Convention casse tous les jugements révolutionnaires, et annulle les poursuites de ce ci-devant tribunal contre les personnes existantes.

En 1799, bataille de Novi, en Italie, gagnée par Suwarow sur les armées françaises... Le conseil des Cinq-cents nomme des membres pris dans son sein pour lui proposer des mesures de salut public.

En 1801 , le concile de France termine sa session , qui nous a donné le concordat.

17 En 1791 , l'Assemblée apprend avec douleur les mouvements que son décret sur les gens de couleur a occasionnés à Saint-Domingue.

En 1792 , installation du tribunal du peuple pour juger les monarchistes conspirateurs au 10 août.

En 1796, un décret ordonne que le jour de la fondation de la République, soit fêté dans toute la France.

En 1798, augmentation du traitement des députés.

En 1802, plusieurs cantons de la Suisse s'insurgent contre leur gouvernement.

18 En 1792 , Suppression des confréries et congrégations de toute espèce, ainsi que des collèges et des séminaires dont les biens seront vendus au profit de la nation.

En 1796 , le représentant Drouet , prévenu de complicité avec Babeuf, s'évade de la prison de l'Abbaye , à Paris.

En 1800, traité de paix avec le dey d'Alger.

19 En 1792, M. de La Fayette, décrété d'accusation, est remplacé par Dumourier.

En 1792, les biens des fabriques des églises sont vendus comme ceux des corporations.

En 1800 , le ministre de l'intérieur invite les préfets à lui désigner trois citoyens, dans la classe aisée, pour qu'ils se rendent à Paris à la fêt p de la fondation de la République , premier vendémiaire. Ils seront présentés aux Consuls.

20 En 1789 , les Droits de l'Homme sont décrétés.

En 1792 , M. de La Fayette et une partie de son état-major passent en Allemagne, où l'empereur les fait enfermer dans un fort.

En 1799 , le conseil des Cinq-cents procède au scrutin sur les dénonciations contre les ci-devants Directeurs. Elles sont rejetées à la grande majorité.

21 En 1789 , on distribue du riz dans les districts de Paris , pour suppléer au pain qui manque dans presque tous les quartiers.

En 1795, une loi ordonne au dépositaire qui aura disposé de l'objet confié à sa garde , de le restituer en même nature et même valeur.

En 1799 , Moreau est nommé général de l'armée d'Italie à la place de Schérer.

En 1801 , arrêté qui ordonne que la bibliothèque nationale sera placée au Louvre.

22 En 1791 , brevet d'établissement pour la caisse d'épargne de La Farge.

En 1793 , loi pour la vérification et l'apurement de l'ancienne comptabilité.

En 1794 , rapport de la loi qui accordait 40 sous aux indigents , pour leur droit de présence aux sections.

23 En 1789 , la liberté des opinions religieuses est décrétée.

En 1790 commença la révolte des nègres de

Saint-Domingue ; ils proclament les Droits de l'Homme à la lueur des habitations embrasées, et sur les cadavres de leurs maîtres.

En 1792, prise de Longwi par les Prussiens. Le même jour, M. de Laporte, intendant de la liste civile, est mis à mort par le tribunal du 10 août.

En 1793, bombardement de la ville de Lyon.

En 1795, un décret ordonne aux juges de délibérer en secret, de motiver leurs jugements, et de les prononcer à l'audience à haute voix. La Convention rend, le même jour, une loi sur les moyens de terminer la révolution par la présentation de la constitution au peuple, et le mode des élections.

En 1799, Bonaparte, accompagné des généraux Berthier, Lannes, Murat, Marmont, Andréossi, Bessières et de trois savants, s'embarque à Alexandrie, en Egypte, pour revenir en France.

24 En 1789, la liberté de la presse est décrétée.

En 1791, décret pour la formation de la garde du Roi.

En 1792, l'Assemblée décerne le titre de citoyen français à tous les philosophes qui ont défendu la liberté et l'égalité.

En 1793, suppression de la caisse d'escompte et de la compagnie d'assurance. Création d'un grand livre pour inscrire les dettes de l'état.

H.

En 1795, la Convention décrète la dissolution des clubs et des sociétés populaires.

En 1796, établissement des patentes.

En 1798, débarquement des Français en Irlande.

En 1801, traité de paix entre la France et la Bavière, érigée en royaume en 1806.

25 En 1789, l'Assemblée commence la constitution.

En 1792, l'Assemblée ordonne la permanence des sections de Paris. Le même jour, Durosoi, auteur de la Gazette Monarchique de France, jugé pour ses écrits par le tribunal du peuple, est exécuté aux flambeaux. Il dit en montant à l'échafaud : « Il est beau, pour « un royaliste comme moi, de mourir le jour « de Saint-Louis. »

En 1794, décret sur la police de la République, portant création d'un comité révolutionnaire dans chaque chef-lieu de commune. Réorganisation des comités de sûreté générale et de salut public. Le même jour, un décret enjoint aux citoyens de reprendre leurs anciens noms de baptême et de famille, que plusieurs avaient changés durant la terreur. Les derniers jours de l'année républicaine, nommés sansculotides, seront appelés complémentaires.

En 1797, rapport des lois sur la réclusion et la déportation des prêtres insermentés.

26 En 1790, Mirabeau le jeune envoie sa démission à l'Assemblée.

En 1792, pompe funèbre des Marseillais et des patriotes morts le 10 août. Décret qui ordonne à tout prêtre insermenté de sortir de la France, à moins qu'il ne soit sexagénaire.

En 1798, Genève et son territoire forment le département du Léman.

27 En 1789, emprunt de 80 millions. Les créanciers de l'état sont sous la sauve garde nationale.

En 1791, décret qui accorde à J.-J. Rousseau les honneurs du Panthéon.

En 1793, le port de Toulon est livré aux Anglais.

En 1795, loi qui ordonne la surséance de la vente des biens des hospices et des établissements de bienfaisance.

28 En 1791, les dames de la Halle font hommage à la patrie, de l'argent et des ornements qui leur servaient à célébrer la fête de Saint-Louis.

En 1794, reprise de Condé et de Valenciennes sur les Autrichiens par les Français.

En 1797, loi qui détermine la manière de mettre en état de siège les communes de la République française.

29 En 1789, l'Assemblée invite les ecclésiastiques et les fabriques à envoyer à la Monnaie le superflu de l'argenterie des églises.

En 1791, décret pour la levée des scellés apposés, depuis la fuite du Roi, sur les maisons et caisses dépendantes de la liste civile.

En 1792, les tribunaux criminels de dé-

partements jugeront sans appel les crimes de
sédition et d'embauchage.

En 1793, le général Custine est jugé à mort
par le tribunal révolutionnaire.

En 1795, les sections se plaignent d'être en-
tourées de force armée. La section des Champs-
Elysées improuve la conservation des deux tiers
de la Convention à la prochaine législature.

30 En 1796, des malveillants arborent la cocarde
blanche, et singent le royalisme, pour faire
rappeler les mesures prises dans les années précédentes pendant la terreur ; ils sont honn,
par le peuple, qui reconnaît les auteurs de ce
mouvement. Ils se sont tués par une explosion
de canons de bois auxquels ils ont mis le feu...

En 1799, le pape Pie VI meurt à Valence,
dans sa quatre-vingt-deuxième année, qui était
la vingt-cinquième de son pontificat.

En 1801, capitulation d'Alexandrie, où il est
stipulé que des vaisseaux seront fournis à notre
armée pour son retour en France.

31 En 1789, le Roi supprime le régiment des
Gardes-Françaises.

En 1790, troubles de Nanci. Mort héroïque
du jeune Desilles.

En 1792, Prise de la ville de Verdun par
le roi de Prusse. Longwi avait été pris le 25 du
même mois.

SEPTEMBRE.

1 En 1789, discussion sur la sanction royale.

En 1793, loi sur les spectacles et la propriété des ouvrages dramatiques.

En 1794, explosion terrible du magasin à poudre du camp de Grenelle. On n'a jamais connu les auteurs de ce désastre.

A la même époque, un incendie allumé involontairement par un ouvrier qui travaillait à une chaudière de salpêtre brûla une partie de la bibliothèque de l'abbaye Saint-Germain-des-Prés.

En 1797, annullation de tous décrets ou arrêtés prononçant des mises hors la loi.

En 1802, arrêté des Consuls pour le remboursement des créances dues aux hôpitaux.

2 En 1791, décret d'établissement de fêtes nationales, pour conserver le souvenir de la révolution.

En 1792, massacre des prisons. La France se rappellera toujours avec effroi cette crise terrible qui dura pendant six jours.

En 1794, les anciens membres du comité de salut public sont remplacés.

En 1795, l'école des travaux publics est nommée Polytechnique.

En 1803, le Duguay – Trouin et la frégate française la Guerrière sont assaillis au cap Ortugal par huit vaisseaux anglais, avec qui ils se battent bord à bord pendant trois heures; malgré l'inégalité des forces, les deux vaisseaux français gagnent la rade de la Corogne, en Espagne.

3 En 1791, l'Assemblée clôt la constitution et la présente au roi.

En 1793, clôture du théâtre français. Arrestation de l'auteur de Paméla et des acteurs français.

En 1802, arrêté pour le retour des propriétaires des colonies, fugitifs pendant la révolution; levée du séquestre mis sur leurs habitations.

4 En 1790, M. Necker donne sa démission du ministère des finances; elle est reçue avec joie.

En 1791, la commission chargée de présenter la constitution au roi revient dans le sein de l'Assemblée, lui rend compte de la sanction que sa majesté donne à l'acte constitutionnel. De nombreux applaudissements se font entendre, et l'Assemblée déclare que ce jour est le plus beau de toute sa session.

5 En 1790, on discute à l'Assemblée l'émission des assignats.

En 1793, décret pour la formation à Paris d'une armée révolutionnaire.

En 1797, les républicains et les royalistes

étaient en présence ; le Directoire prend l'avance, il fait arrêter et déporter, à Oléron et à Cayenne, des représentants, des journalistes et des prêtres insermentés.

En 1798, la Porte Ottomane déclare la guerre à la France, et donne l'ordre d'arrêter tous les Français qui se trouvent dans les états du Grand-Seigneur.

En 1800, le général Vaubois, assiégé dans Malte depuis deux ans, capitule ; il remet la ville et les forts aux Anglais.

6 En 1789, les prisons de Saint-Lazare sont démolies.

En 1792, les massacres se continuent à Bicêtre, à la Sapêltrière, où la femme Desru est égorgée.

En 1794, la Convention arrête que le dernier jour sans-culotide sera consacré à célébrer une fête nationale.

En 1800, arrêté portant que tous les individus déportés à la Guyanne française seront envoyés et mis en surveillance aux îles de Ré et d'Oléron.

Le même jour, on ordonne l'érection d'un monument à la mémoire des généraux Desaix et Kléber, qui ont bien mérité de la patrie. Ce monument sera sur la place des Victoires.

7 En 1789, des dames viennent à l'Assemblée offrir des bijoux aux besoins de l'état.

En 1792, loi qui défend aux prêtres salariés par la nation de recevoir de casuel pour leurs fonctions.

En 1798, on découvre à Malte un complot tendant à faire massacrer tous les Français qui se trouvaient dans l'ile. Les chefs sont arrêtés et condamnés à mort.

En 1802, le ministre des relations extérieures fait son rapport au Premier Consul sur les différents survenus entre la République française et la Régence d'Alger. Ils se terminent honorablement pour la France.

8 En 1792, massacre des prisonniers d'Orléans, à leur arrivée à Versailles.

En 1793, bataille d'Honscoote contre les Anglais, gagnée par le général Houchard.

En 1796, armistice conclu avec S. A. S. E. bavaro-palatine.

En 1801, la police fait ôter le poteau que la commune de Paris avait fait planter sous la fenêtre du Louvre d'où Charles IX avoit tiré sur le peuple le jour de la Saint-Barthélemy.

9 En 1789, l'Assemblée est déclarée permanente.

En 1791, rapport sur l'état des finances avant, pendant et depuis la révolution.

En 1793, suppression des écoles militaires.

En 1795, un décret ordonne la restitution des biens des prêtres condamnés à la déportation, et règle le mode de la remise de ces biens dans l'état où ils se trouvent.

10 En 1789, l'Assemblée apprend avec douleur

les différents excès auxquels on a porté le peuple dans les deux derniers mois.

En 1790, le trésor public est déchargé des approvisionnements de Paris.

En 1796, six à sept cents individus, précédés de quelques membres de la Convention, et d'un grand nombre de femmes et de filles, se présentent au camp de Grenelle, et tentent d'ébranler la fidélité des guerriers par des caresses et des provocations ; leur cri de ralliement est : La Constitution de 1793 ; à bas les Conseils. Les soldats se réveillent, prennent leurs armes dont cette horde paraissait vouloir s'emparer ; les instigateurs sont repoussés pris les armes à la main , et fusillés.

11 En 1789 , le Roi et la Reine payent de leurs deniers les reconnaissances du Mont-de-Piété, pour habits et linges de corps engagés par les malheureux , jusqu'à la somme de vingt-quatre livres.

En 1790, l'Assemblée constituante, par l'organe de son président, écrit à la municipalité d'Arcis-sur-Aube de mettre en liberté M. Necker, arrêté comme transfuge , en retournant dans son pays après avoir donné sa démission de ministre des finances. Il suivait la même route qu'il avait tenue quatorze mois auparavant , quand le Roi lui redemanda le porte-feuille , en lui ordonnant de partir sans bruit. Dans la même semaine il fut rappelé, et réinstallé à la

I

demande du peuple, qui s'attela à sa voiture au même endroit et à la même époque où il est arrêté aujourd'hui. Ces grandes vicissitudes attachées à M. Necker lui avaient été encore plus sensibles à Paris le 2 du présent mois ! Les partisans des insurgés de Nanci, en apprenant, le 2 septembre, la reddition de cette ville par les soldats de M. de Bouillé, veulent foudre sur l'Assemblée constituante ; ils sont repoussés, et vont se précipiter à l'hôtel de M. Necker, pour mettre en pièces celui dont ils avaient traîné la voiture l'année précédente, pour l'installer au ministère ; il se sauva à la hâte dans la campagne. Abandonné de la nature entière, il s'enfonça dans la forêt de Montmorenci, et erra toute la nuit dans la vallée où l'infortuné Jean-Jacques son compatriote avait composé l'Émile.

En 1793, décret du maximum sur les grains et farines, et suppression des droits sur les denrées coloniales.

En 1795, plusieurs individus viennent se plaindre à la Convention d'avoir été chassés de leurs sections.

En 1798, ratification du traité de paix et d'alliance offensive et défensive entre la France et la Suisse.

En 1799, la flotte hollandaise se révolte, et se remet à la discrétion des Anglais, sans combattre ni capituler.

12 En 1789, l'Assemblée décrète que la session de chaque législature sera de deux ans.

En 1790, les assignats ont cours forcé de monnaie.

En 1792, les Prussiens avancent dans l'intérieur. On forme à la hâte un camp sous Paris. Les pères et mères d'émigrés sont obligés d'habiller, de nourrir et de solder deux volontaires pour chacun de leurs enfants absents.

En 1797, une loi surseoit à la vente des édifices servant aux collèges ou aux établissements publics.

13 En 1791, le Roi écrit à l'Assemblée qu'il accepte la constitution ; de ce moment il est déclaré libre, et toute procédure est annulée contre les fauteurs de sa fuite.

Le même jour, un décret défend à toute personne titrée de porter aucunes marques distinctives ; le Roi et les princes seuls sont exceptés.

En 1792, l'armée française se replie sur Châlons ; les Prussiens sont maîtres d'une partie de la Champagne.

En 1796, la paix est ratifiée entre l'Espagne et la France.

14 En 1791, Avignon et le comtat Venaissin font partie de la monarchie française. Le Roi vient à l'Assemblée signer la constitution, et jure de la maintenir ; il refuse de se retirer où il voudra, comme la loi le lui accorde, pour

donner plus de force et de liberté à sa sanction.

En 1795, plusieurs sections acceptent la constitution et rejettent le décret des deux tiers.

En 1797, les duchesses de Bourbon et de Conti partent pour l'Espagne, lieu fixé pour leur déportation.

En 1802, le Premier Consul fixe sa résidence à Saint-Cloud, dont le chateau avait été préparé pour le recevoir.

15 En 1789, l'Assemblée constituante décrète l'inviolabilité du Roi, l'hérédité de la couronne dans la famille régnante, de mâle en mâle, par ordre de primogéniture.

En 1790, un décret permet la libre circulation des grains dans l'intérieur, et en défend l'exportation.

En 1791, la sanction donnée par le Roi à l'acte constitutionnel est solennellement proclamée dans le royaume ; tous les détenus pour mois de nourrice sont mis en liberté.

En 1792, le conseil-général de la commune arrête que le duc d'Orléans, sa famille et ses domaines porteront désormais le nom d'Égalité. La Convention prohibe l'exportation des matières d'or et d'argent monnayées ou en lingot.

En 1793, les collèges et écoles de médecine, de droit et des arts sont suspendus, et remplacés par trois degrés d'instruction publique.

En 1794, les armées françaises reprennent la ville du Quesnoy.

Le même jour, le tribunal révolutionnaire, après sept jours de débats, met en liberté les quatre-vingt-quatorze Nantais.

En 1799, l'armée russe, et la deuxième division anglaise, commandée par le duc d'Yorck, débarquent au Texel pour se mesurer avec les Français.

16 En 1791, l'Assemblée fixe l'entrée en fonction des jurés au premier janvier 1792.

En 1792, les Français lèvent le camp de Grand-pré, les arrières-gardes engagent le combat.

En 1793, M. Bailly, ancien maire de Paris, est arrêté à Melun.

Le même jour, les armées de la République défont les rebelles de la Vendée près de Mont-aigu. Le tribunal extraordinaire est autorisé à juger, concurremment avec les tribunaux criminels, les émigrés rentrés en France.

En 1795, une députation de l'assemblée primaire des Tuileries est admise à la barre de la Convention ; elle s'y plaint des décrets des 5 et 13 fructidor, et termine ainsi : « Nous « n'avons point été influencés en rejetant les « décrets qui mettent des barrières à la liberté. « Quel que soit le vœu de la France, nous « désirons vous voir finir votre carrière sans « inquiétude, et la recommencer sans re- « grets. »

I.

En 1796, Beurnonville remplace Jourdan à l'armée de Sambre-et-Meuse.

En 1801, création d'un directeur général et de quatre administrateurs des douanes, pour juger en conseil les affaires contentieuses sur cette matière.

17 En 1789, la disette augmente à Paris.

En 1790, soixante mille francs accordés pour le soulagement des malheureux incendiés de Limoges.

En 1791 , encouragements accordés aux sciences et aux arts.

En 1792 , défense de donner des passeports aux prêtres insermentés pour les pays qui sont en guerre avec la République.

Le même jour, vol au garde-meuble de quantité de bijoux, et des plus beaux diamants de la couronne.

En 1793 , loi contre les suspects.

En 1800, le nom du département des Vosges est donné à la place Royale de Paris, en mémoire de ce que ce département a acquitté le premier ses contributions.

18 En 1791 , magnifique fête de la première constitution. Louis XVI en fait les frais, et prend part à l'allégresse commune.

En 1792 , suppression des vicaires épiscopaux. Le traitement des évêques est réduit à six mille francs.

En 1795 , grande émeute à Chartres au

sujet des subsistances ; le représentant Letellier, ne pouvant contenir le peuple, se brûle la cervelle.

En 1797 , les négociations entamées à Lille sont rompues, et la guerre recommence avec l'Angleterre.

En 1799, exposition, dans la cour du Louvre, des plus belles tapisseries, et de tous les chefs-d'œuvres de l'industrie française. Cette exposition y a eu lieu trois ans de suite, et les années suivantes, dans l'esplanade des Invalides, à cause des travaux du Louvre.

19 En 1789, la ville de Chartres envoie un grand convoi de farine à Paris, et promet d'en faire parvenir autant toutes les semaines.

En 1791 , l'Assemblée constituante fixe sa retraite au 30 septembre de la même année.

En 1792, loi qui ordonne une force imposante dans chaque section, pour la sûreté individuelle : origine des cartes civiques.

Le même jour, loi pour la vente des biens de l'ordre de Malte. Tous les tableaux et les monuments des beaux-arts doivent être transportés au Louvre.

En 1795, le palais des Tuileries est assigné au conseil des Anciens, et le palais Bourbon à celui des Cinq-cents.

En 1798 , l'administration centrale de la Seine arrête que le culte national se fera tous les dix du mois dans les églises, dont ses ministres seront tenus d'enlever, ces jours-là, tous les signes extérieurs du culte.

En 1802, le Premier Consul distribue des médailles d'or et d'argent aux artistes qui en ont été jugés dignes par le juri.

20 En 1790, rapport fait à l'Assemblée sur les dettes de M. le comte d'Artois.

En 1791, suppression du décret de convocation de la haute-cour d'Orléans, pour juger les complices de la fuite du Roi.

Le même jour, Louis XVI et sa famille, devenus libres après la signature de la constitution, vont à l'opéra voir Castor et Pollux; la salle retentit d'applaudissements : on leur fait l'application de ces deux vers de la pièce, faisant allusion à leur captivité :

> Tout l'univers demande ton retour ;
> Règne sur un peuple fidèle.

En 1792, les nouveaux députés s'installent, et forment la Convention nationale.

21 En 1792, premier jour de la première année de l'ère républicaine.

Le même jour, première séance de la Convention, sous la présidence de Pétion. La royauté est abolie en France. Les personnes et les propriétés sont mises sous la sauve garde de la nation.

En 1793, loi qui assujettit les femmes à porter la cocarde nationale, sous peine de huit jours de prison pour la première infraction , et d'une peine beaucoup plus grave en cas de récidive. Le même jour, suppression de la cuisine du Temple ; tous les officiers de bouche du Roi sont renvoyés.

En 1795, capitulation de Manheim.

22 En 1789, le Roi envoie sa vaisselle à la Monnaie.

En 1791, *Te Deum* à Notre-Dame, en mémoire de l'acceptation de la constitution.

En 1794, Marat est porté au Panthéon, et Mirabeau en est retiré.

En 1795, loi qui éloigne de toute fonction les parents d'émigrés, ainsi que les prêtres insermentés.

En 1796, mort du général Marceau Desgraviers, natif de Chartres, tué d'un coup de carabine, à la fleur de son âge.

En 1800, le Premier Consul fait transporter, en grande pompe, les cendres de Turenne, déposées au Muséum des Petits-Augustins, au temple de Mars, dans l'hôtel des Invalides.

En 1803, suppression de la contribution mobilière dans la ville de Paris, remplacée par les droits additionnels sur les octrois. La fondation de la République date du 21 septembre ; mais les années bissextiles, qui se sont écoulées jusqu'à ce jour, auraient bientôt occasionné de la confusion dans le nouveau calendrier, si, dans le courant de 1795, la Convention ne s'en fût aperçue et n'eût retrouvé la coïncidence par l'addition d'un sixième jour complémentaire, qui, se trouvant répété en 1792 et 1796, a reporté le commencement de l'année républicaine au 23 de septembre; ce calendrier supposant la première année de la République révolue au 21 septembre 1792, la seconde année répondit au 22 septembre 1793, et au 23 en 1795 pour 1796, années bissextiles. Nous aurons le nom des mois à l'époque de leur création.

23 En 1791, l'Assemblée décrète que tout signataire protestant contre la constitution sera inéligible à tous les emplois.

En 1792, le général Montesquiou, commandant l'armée française, se rend maître de Chambéry. Le même jour, le maréchal Lukner est destitué et mandé à la barre.

En 1793, le représentant Perrin est condamné, par contumace, à deux années de fer.

En 1795, la Convention déclare que la constitution et les décrets des 5 et 13 fructidor, sur la conservation des deux tiers, ont été unanimement acceptés; les assemblées électorales sont convoquées pour le 12 octobre (20 vendémiaire), et doivent être terminées le 21 octobre 1795 (29 vendémiaire).

En 1800, le sénateur Clément de Ris est pris par des chouans, dans sa maison de campagne de Beauvais-sur-Cher; ils veulent lui arracher de l'argent. Il est mis en liberté, le 10 octobre suivant, par les recherches de la police.

En 1801, brillante fête de la République.

24 En 1789, M. Necker présente à l'Assemblée un tableau effrayant des finances.

En 1790, les fourbisseurs et arquebusiers, pillés le jour de la prise de la Bastille, obtiennent une indemnité.

En 1793, la belle-mère de Pétion, ancien maire de Paris, représentant mis hors la loi, est mise à mort.

25 En 1790, Dupont (de Nemours) sortant de l'Assemblée, après avoir parlé contre les assignats, est sur le point d'être jeté dans le bassin du jardin des Tuileries par la populace, à qui il prédisait ce qui arriva plus tard.

En 1793, le comité de salut public arrête que le fer des églises et des chapelles servira à la fabrication des fusils.

En 1795, la Convention rend une loi pour sa sûreté, et déclare aux Parisiens que si quelqu'un de ses membres était outragé, le Corps législatif se retirerait à Châlons-sur-Marne. L'Assemblée charge ses comités, qui ont la direction de la force armée, de prendre des mesures pour assurer la tranquillité publique.

26 En 1789, l'Assemblée adopte le plan de finances proposé par M. Necker.

En 1795, la Convention arrête que chacun de ses membres donnera par écrit le bilan de sa fortune avant et depuis son entrée à l'Assemblée.

27 En 1791, suppression des chambres de commerce. Réunion à la France des pays de Dombes et d'Henrichemont.

En 1796, les prévenus de la conspiration de Grenelle sont condamnés à mort et exécutés.

En 1801, création d'un ministre du trésor public. M. Barbé-Marbois est le premier qui a occupé ce ministère.

28 En 1789, suppression des francs-fiefs. Emprunt de 80 millions.

En 1791, les hommes de toute religion et de toute couleur sont admis, en France, à tous les droits de la constitution, s'ils s'y conforment.

29 En 1787, Louis XVI, voulant diminuer les impôts, supprime la compagnie des Chevau-légers, des Gendarmes et des Gardes de la porte. Il se fit des ennemis irréconciliables de la noblesse, de ces corps qui hâtèrent la révolution.

En 1790, un décret crée 800 millions d'assignats, et fixe à 1200 millions le maximum qui pourra être mis en circulation.

En 1792, une loi porte que les ministres ne pourront être choisis dans le sein de la Convention. Le même jour, la ville de Lille est bombardée par les Autrichiens; la sœur de la Reine, Marie-Antoinette, habillée en amazone, met elle-même le feu aux pièces de canon. Le roi de Prusse fait sa retraite des plaines de Champagne.

3o En 1790, rapport à la Convention de l'affaire des 5 et 6 octobre, où le duc d'Orléans et Mirabeau étaient accusés d'avoir opéré, par ambition, le mouvement du peuple des 5 et 6 octobre de l'année précédente.

En 1791, dernière séance de l'Assemblée constituante. Le Roi vient en faire la clôture.

En 1792, l'armée prussienne, après avoir essuyé un terrible échec, doublement affaiblie par les maladies, lève le camp de la Lune et effectue sa retraite. (En 1806, à pareille époque, nos armées, sous les ordres de Napoléon, avaient, dans quinze jours de marche, déjà conquis la moitié de la Prusse, coalisée avec la Russie.)

En 1800, traité de commerce et d'alliance entre la France et les Américains des États-Unis.

En 1802, la guerre civile éclate dans la Suisse, le sang coule ; Bonaparte intervient, calme les esprits, fait poser les armes aux insurgés, et mande aux treize cantons de lui envoyer des représentants pour choisir la forme de gouvernement qui leur conviendra.

K.

OCTOBRE.

1 EN 1789, les gardes-du-corps donnent une fête aux officiers des troupes de ligne, et dans un moment d'ivresse la cocarde nationale est foulée aux pieds.

En 1791, première séance de l'Assemblée législative au Manège.

En 1794, le comité de sûreté générale est autorisé à statuer sur les arrestations et jugements des individus pour cause de suspicion, jusqu'à la paix.

En 1795, la Convention, au milieu de l'orage et des insurrections, fixe la première séance du Corps législatif au 5 brumaire an 4 (27 octobre 1795.)

2 En 1790, un décret de l'Assemblée disculpe Mirabeau et le duc d'Orléans d'être auteurs des désastres des 5 et 6 octobre de l'année précédente.

En 1795, la Convention se déclare en permanence, la section Lepelletier convoque les autres sections; les électeurs se réunissent au Théâtre-Français.

3 En 1789, la disette augmente à Paris.

En 1793, la Convention traduit au tribunal

révolutionnaire cinquante-trois de ses membres désignés sous le nom de fédéralistes ; elle met hors la loi ceux qu'elle ne peut atteindre.

En 1795, elle fait une pompe funèbre dans son sein pour apaiser les mânes de ces mêmes représentants, et de toutes les victimes du tribunal révolutionnaire.

En 1795, les sections se mettent sous les armes; la Convention se tient sur la défensive... La disette du pain est à son comble depuis six mois.... Le soir en en vient aux mains, les sections ont le dessous et sont désarmées le lendemain.

En 1802, arrêté d'une garde municipale pour la ville de Paris. Établissement d'une école de génie et d'artillerie à Metz.

4 En 1789, le peuple arrache les cocardes d'une seule couleur.

En 1793, prise de Worms par Custine. Une loi du même jour met à la disposition du ministre de la marine tous les bois des particuliers propres à la construction.

En 1796, installation de la haute cour nationale à Vendôme pour juger Babeuf et ses complices.

En 1801, arrivée à Paris du cardinal Caprara légat à latere.

5 En 1789, grande disette à Paris ; les faubourgs de cette ville se rendent en tumulte à Versailles; les Gardes-du-corps du Roi sont arrachés de

leurs postes , désarmés , et quelques uns sont mis à mort. Le Roi et sa famille courent de grands dangers ; il sanctionne la déclaration des Droits de l'homme et les préliminaires de la Constitution.

En 1791 , l'Assemblée ôte au Roi le titre de Sire, et fixe sa place dans l'Assemblée au niveau de celle du président.

En 1793 , la Convention décrète que l'ère des Français compte du 22 septembre 1793 , époque de son installation ; elle rapporte son décret du 2 janvier qui fixait le commencement de la deuxième année au premier janvier, **concurremment** avec l'ère monarchique. Les actes passés dans le courant du premier janvier au 22 septembre 1793 sont regardés comme appartenant à la première année de la République

6 En 1788, convocation des notables pour faciliter les opérations des états généraux.

En 1789, le Roi et sa famille sont amenés à Paris. Le même jour l'Assemblée décrète que la contribution patriotique sera du quart du revenu de toutes les propriétés.

En 1792, la Convention ordonne que les anciens sceaux, le sceptre et la couronne soient brisés et envoyés à la monnaie.

En 1796 , la commission militaire envoie à la mort Javogues , Huguet et plusieurs autres

complices de la conspiration du camp de Grenelle.

En 1801, nomination d'un ministre des cultes;
monsieur Portalis est nommé le premier à ce
ministère.

7 En 1793, la Convention déclare suspects et fait
arrêter les représentants de la première Assemblée qui ont signé des protestations ou déclara-
tions contre les décrets de cette Assemblée.

En 1795, rapport des lois contre les terroristes et les suspects.

En 1798, bataille de Sédiman dans la haute
Egypte, gagnée par l'armée française, division
de Desaix.

En 1799, Bonaparte arrive d'Egypte et dé-
barque au port de Fréjus en Provence.

En 1800, Alexandre Berthier remplace Carnot au ministère de la guerre.

8. En 1791, M. de La Fayette, commandant de
la garde nationale de Paris, donne sa démission et invite les soldats à se défier des instigateurs à la révolte.

En 1792, les Autrichiens, en apprenant la retraite du roi de Prusse, lèvent le siège de Lille.

En 1793, la Convention décrète que le ci-
devant duc d'Orléans sera conduit des prisons
de Marseille à Paris au tribunal révolutionnaire.

Le même jour le député Gorsas mis hors la
loi, est exécuté sans jugement.

En 1794, la ville de Lyon, nommée après le

K.

siège de 1793 Commune-Affranchie, reprendra son ancien nom.

En 1801, traité de paix entre la France et la Russie ; le même jour les préliminaires sont signés avec la Turquie.

9 En 1789, abolition de la sellette et de la question.

Le même jour l'Assemblée nationale vient à Paris siéger à l'Évêché et ensuite au Manège.

En 1792, les dénominations de Monsieur et de Madame sont remplacées par les mots de Citoyen et Citoyenne dans les assemblées de la commune et des sections.

En 1793, la ville de Lyon, après un siège et un bombardement de deux mois, est prise par l'armée révolutionnaire, qui change son nom en celui de Commune-Affranchie.

En 1794, un décret de la Convention destine trois cent mille francs par an pour l'encouragement des gens de lettres.

10 En 1789, on dénonce à l'Assemblée plusieurs violences commises par le peuple.

En 1799, un message du Directoire informe les deux conseils que les armées de la République sont triomphantes en Egypte, en Hollande et en Suisse.

En 1800, Cerrachi, Demerville et Aréna sont arrêtés comme prévenus d'assassinat prémédité sur la personne de Bonaparte qui devait aller à l'Opéra, où il se rendit sans crainte, fort de sa conscience, de l'amour du peuple français et de la vigilance de la police.

11 En 1793, la Convention ajourne la mise en activité de la Constitution, et décrete le gouvernement révolutionnaire.

En 1794, Établissement à Paris d'un conservatoire des arts et métiers.

12 En 1791, les bataillons de la garde parisienne offrent à M. de La Fayette une épée à garde d'or en reconnaissance de ses services.

En 1794, un décret ordonne de retourner les plaques de cheminées portant les fleurs de lis, ou toutes autres armes ou signes de féodalité.

Un décret du même jour porte que la ville de Lyon sera détruite, et que les maisons réservées pour la réunion du peuple seront nommées Commune-Affranchie.

En 1802, l'Empereur alors premier Consul, étant en cette ville pour assister à la Consulte de la République cisalpine, donne des encouragements aux Lyonnais, et prend des mesures pour que cette grande cité recouvre sa splendeur et son commerce.

13 En 1792, reprise de Verdun par les Français.

En 1794, une loi interdit toute fonction publique aux banqueroutiers.

En 1795, une loi ordonne que le prix des matières d'or et d'argent comparativement avec les assignats, soit réglé chaque jour à l'issue de la Bourse.

14 En 1789, le Roi exile le duc d'Orléans, qui se rend en Angleterre sous prétexte d'une commission spéciale de S. M.

En 1795, un décret défend de poursuivre aucun fonctionnaire public pour les mesures révolutionnaires qu'ils auraient pu prendre pendant qu'ils étaient en place, et annulle toute procédure et poursuite à cet égard.

15 En 1789, l'Assemblée abolit les costumes des représentants et la distinction des places dans la salle de l'Assemblée.

En 1792, tous les chevaliers sont tenus de remettre à la Convention leurs croix et leurs titres.

En 1795, Tallien dénonce en comité secret plusieurs représentants; Saladin et Rovère sont mis en arrestation.

16 En 1791, le Roi écrit aux princes ses frères pour les rappeler en France.

En 1796, Moreau effectue sa superbe retraite au milieu des ennemis dans une distance de cent lieues de pays; cette retraite est comparée à celle des Dix mille par Xénophon.

En 1799, arrivée de Bonaparte à Paris.

En 1802, incendie de la superbe coupole en bois de la Halle au blé de Paris.

17 En 1793, la Reine Marie-Antoinette jugée à mort par le tribunal révolutionnaire, est exécutée à la place Louis XV : ses défenseurs Chauveau-Lagarde et Tronçon-du-Coudray (ce

dernier mort en exil dans la Guyanne française en 1798) sont mis en arrestation pendant
vingt-quatre heures par ordre du comité de
salut public, et remis en liberté le lendemain.

En 1794, la Convention prohibe toute affi-
liation et correspondance entre les sociétés populaires.

En 1795, organisation de la Bibliothèque
nationale ; elle est confiée à un conservatoire
composé de huit membres.

En 1797, un membre de la commission chargée des mesures de salut public propose le
renvoi de tous les nobles sans distinction du
territoire de la République. Cette mesure causa
de grandes allarmes, fut long-temps discutée
et enfin rejetée.

18 En 1790, une troupe de vagabonds armés de
fusils, de bâtons et de faux, dévastent le parc
de Versailles, sous prétexte de la liberté de la
chasse : l'Assemblée prend des mesures vigou-
reuses contre ces attentats à la propriété.

En 1797, traité de paix de Campo-Formio
entre le général Bonaparte et les plénipotentiaires
de l'empereur d'Allemagne. Le vingt-deuxième
article de ce traité indique un congrès à Rastadt
pour la pacification de l'Empire germanique.
Dans ce même jour Bonaparte obtient de
l'empereur la liberté de La Fayette, Latour-
Maubourg et Bureau-de-Puzy détenus à Olmutz
depuis 1792.

19 En 1790, des adresses liberticides sont semées dans les casernes de Ruel et de Courbevoie; lesSuisses s'en plaignent à l'Assemblée, qui décrète qu'aucune société en corps ne pourra écrire aux militaires sous peine d'être traitée comme séditieuse. Le même jour les Français dispersés par l'édit de Nantes demandent à rentrer dans leurs biens.

20 En 1789, la police de Paris, considérant l'état de disette où se trouve cette ville, en renvoie tous les gens sans état et sans fortune, et leur donne trois sous par lieue pour se rendre dans leurs provinces.

En 1793, la duchesse de Bourbon fait don de tous ses biens à la nation.

En 1794, loi de police, de travail et de salubrité dans les prisons.

En 1798, Les octrois sont rétablis à Paris et dans toute la République.

En 1800, un arrêté des Consuls désigne ceux qui doivent être éliminés de la liste des émigrés, et ceux qui doivent y être maintenus.

21 En 1789, grande famine, la populace de Paris assassine un boulanger rue de la Juiverie, sous prétexte qu'il accapare le pain. La loi martiale est décrétée à ce sujet contre les attroupements et les factieux.

En 1795, décret pour la punition des sociétés des chouans sous le nom de compagnies de Jésus et du Soleil.

En 1801, abolition des Théophilantropes.

22 En 1789, la commune de Paris, voulant connaître les auteurs de la famine et du trouble qui
désolent cette grande cité, ordonne chaque nuit
des illuminaticns, et promet depuis cent écus
jusqu'à mille louis, et même la liberté et l'im-
punité à toute personne qui dénoncera les auteurs de ces machinations, fût-elle leur complice.

En 1792, les Français reprennent Longwi.

23 En 1789, supplice des assassins qui ont porté la
tête du boulanger sur une pique. Le Roi donne
six mille francs à la veuve de cet infortuné, et
la Reine sera marraine de son enfant pos-
thume.

En 1795, Thibaudeau dénonce à la Convention les partisans d'un nouveau système de
terreur qui menace encore la France.

En 1798, le général Hédouville part de Saint-
Domingue, et laisse le gouvernement de cette
colonie à Toussaint-Louverture.

En 1799, Lucien Bonaparte est élu président
du conseil des Cinq-cents, et Lemercier de celui
des Anciens.

24 En 1789, Monsieur Planterre, chargé des approvisionnements de la ville de Paris, est pendu
deux fois à Vernon, et il échappe à la mort.

En 1799, le conseil des Anciens rejette à une
grande majorité la résolution du 2 vendémiaire (24 septembre) relative à la défense de proposer des négociations qui pour-

raient porter atteinte à l'intégralité de la République.

25 En 1790, l'Assemblée révoque les attributions données par elle au châtelet pour juger les crimes de lèze-nation.

En 1791, six marins de Calais se dévouent à la fureur des flots pour sauver des naufragés.

En 1793, la Convention adopte la nouvelle dénomination des mois du calendrier républicain, réglé par Lalande et imaginé par le député Fabre d'Églantine, dans l'ordre suivant :

22 Septembre, 1er Vendémiaire, du mot vendange. — 23 Octobre, 1er Brumaire, de bruma, brume. — 22 Novembre, 1er Frimaire, mois des frimas. — 22 Décembre, 1er Nivôse, des neiges. — 21 Janvier, 1er Pluviôse, des pluies. 20 Février, 1er Ventôse, des vents.—22 Mars, 1er Germinal, de germe. — 21 Avril, 1er Floréal, des floraisons. — 21 Mai, 1er Prairial, des prairies.—20 Juin, 1er Messidor, de la moisson. — 20 Juillet, 1er Thermidor, des bains ou des étuves.— 19 Août, 1er Fructidor, des fruits..... Cinq jours complémentaires dans les années ordinaires, et six dans les bissextiles. Ces cinq jours furent d'abord nommés sans-culottides, du mot sans-culotte donné aux motionneurs de 1789 par les pages de la Reine.

En 1795, décret d'organisation de l'Institut national et de l'instruction publique.

26 En 1789, la police de Paris fait disparaître les

assemblées des filous et les académies de jeu qui s'établissaient sur les pierres des quais des Champs-Élisées et des boulevards.

En 1795, réunion du duché de Bouillon à la France ; les membres restants de la Convention se partagent par le sort les places aux conseils des Anciens et des Cinq-cents.

27 En 1794, un décret de la Convention réintègre provisoirement dans leurs biens les prévenus d'émigration qui ont obtenu des arrêtés favorables des corps administratifs.

En 1797, Treilhard et Bonnier sont nommés au congrès de Rastadt ; le Directoire ordonne une réunion de forces sous le nom d'armée d'Angleterre.

28 En 1789, suspension des vœux monastiques.

En 1797, manifeste du roi d'Angleterre aux puissances étrangères sur ses intentions de faire la paix avec la France, et sur la rupture des négociations.

29 En 1792, Louvet dénonce Robespierre et Marat. Louis XVI est mis dans la grosse tour du Temple, on lui ôte papier, plumes et encre, et toute arme offensive et défensive.

En 1802, le Premier Consul va visiter l'armée de l'Ouest et les côtes de Normandie.

30 En 1791, proclamation du Roi à son frère pour le faire rentrer en France.

En 1794, mode de procéder contre un député dénoncé.

En 1795, liste des candidats pour la formation du Directoire composé de cinq membres : Carnot, Révellière, Rewbel, Barras sont élus, Letourneur de la Manche est élu au refus de Sieyes.

31 En 1789, on arrête une foule d'agitateurs et de boute-feux, l'un d'eux annonce qu'il a de grands secrets à révéler ; le comité des recherches lui promet la liberté et une somme considérable s'il tient sa parole.

En 1793, Brissot et ses collègues sont condamnés à mort par le tribunal révolutionnaire. Vergniaud, qui prévoyait l'issue de ce procès, s'était précautionné de poison ; mais en voyant ses collègues attendre la mort, il remit la fiole aux gendarmes au moment où Valasé se suicida sur les banquettes du tribunal.

Le même jour la Convention défend les clubs et sociétés populaires de femmes.

NOVEMBRE.

1 En 1789, la police arrête et interroge l'auteur du *Domine salvum fac regem*, ouvrage fait à l'occasion de la journée du 6 octobre précédent. L'auteur, en priant Dieu et les bons Français de sauver le Roi, désignait Mirabeau et le duc d'Orléans comme auteurs de cette insurrection...

En 1793, les noms de ville, bourg et villages, sont remplacés par celui de commune.

En 1799, combat à l'embouchure du Nil, en Egypte ; trois milles Turcs sont passés au fil de l'épée par l'armée française, sous les ordres de Bonaparte et de Murat.

2 En 1789, la propriété des biens du clergé est décrétée appartenir à la nation.

En 1793, la Convention détermine les droits des enfants nés hors du mariage; elle appelle ceux actuellement existants à recueillir les successions de leurs père et mère morts depuis le 14 juillet 1789.

En 1800, les Consuls arrêtent que le système décimal des poids et mesures sera définitivement mis en activité le 23 septembre 1801.

En 1802, le général Leclerc, capitaine-gouverneur de Saint-Domingue, meurt dans cette colonie.

3 En 1793, madame Olympe-de-Gouges est mise à mort comme contre-révolutionnaire, pour avoir demandé à la Convention, l'année précédente, à défendre Louis XVI mis en jugement.

4 En 1789, une députation de plusieurs évêques se présente chez le Roi, pour le prier de défendre de jouer la tragédie de Charles IX.

En 1791, décret portant peine de mort contre les fabricateurs de faux assignats.

En 1793, les biens des fabriques sont déclarés nationaux.

5 En 1794, prise de Maëstrich par l'armée française.

En 1797, le Directoire ordonne la distribution provisoire en départements des pays conquis entre Meuse-et-Rhin, et Rhin-et-Moselle.

6 En 1792, mémorable bataille de Jemmappe, remportée par les Français sur les Autrichiens.

En 1794, tout Paris courut voir le supplice du duc d'Orléans, jugé à mort par le tribunal révolutionnaire. Il fut exécuté à la place Louis XV. En passant devant le Palais Royal, qui lui appartenait, ses yeux se remplirent de larmes.

En 1796, le peuple de Milan se réunit et proclame son indépendance.

En 1799, fête donnée aux généraux Bonaparte et Moreau, dans le temple de la Victoire, ci-devant Saint-Sulpice.

7 En 1789, un décret exclut du ministère les membres de l'Assemblée.

En 1793, Gobel, évêque constitutionnel de Paris, à la tête de son clergé, se présente à la Convention, pour déclarer qu'il abdique les fonctions sacerdotales, et qu'il ne veut exercer d'autre culte que celui de la liberté et de l'égalité.

8 En 1789, la famine diminue à Paris ; on assure que sous trois jours elle n'existera plus. La police redouble de surveillance. On trouve plusieurs pains moisis jetés dans les égouts.

En 1795, Lemaître est mis à mort, comme coupable de conspiration tendante au rétablissement de la royauté.

9 En 1789, première séance de l'Assemblée constituante dans la salle du Manège.

En 1792, Biroteau, membre de la Convention, mis hors la loi, est condamné à mort par la commission militaire de Bordeaux. Lidon, représentant, dans le même cas que le précédent, se brûle la cervelle à Brives.

En 1794, Cambon, censuré par Tallien dans ses opérations financières, reproche à son censeur d'avoir coopéré aux journées du 2 septembre 1792.

En 1799, les deux Conseils se rendent à Saint-Cloud ; le conseil des Anciens, qui avait sollicité

L.

cette mesure, charge le général Bonaparte de la faire exécuter. La garde du Directoire quitte le Luxembourg et va se ranger sous les ordres de Bonaparte. Ce jour mémorable répond au 18 brumaire an 8.

En 1801, le peuple, au milieu de l'allégresse, fête le 18 brumaire et les préliminaires de la paix avec l'Angleterre.

10 En 1790, les sections de Paris demandent le renvoi des ministres.

En 1798, le Directoire et les Conseils, instruits de l'évasion des huit déportés à la Guyane française, assimilent aux émigrés tous les individus qui se soustrairont à la déportation, ou qui se sauveront du lieu de leur exil.

En 1799, le Directoire et les Conseils sont dissous. Bonaparte, Roger-Ducos et Sieyes sont nommés Consuls. Le Corps législatif est ajourné au premier ventôse (20 février 1800.)

11 En 1793, fête appelée de la Raison, célébrée dans l'église de Notre-Dame de Paris. La Convention s'y rend en corps, et chante, avec le peuple, des hymnes à cette nouvelle divinité.

12 En 1791, le Roi met son véto sur le décret contre les émigrants.

En 1793 (21 brumaire), mort de Jean-Silvain Bailly, premier maire de Paris. Il fut traîné à l'échafaud sur l'esplanade du Champ-de-Mars, où il avait fait déployer le drapeau martial en 1791. Le jour de sa mort il tombait

un torrent de pluie et de neige fondue. L'échafaud n'était pas dressé ; Bailly fut forcé de porter
lui-même les instruments de son supplice ;
comme il tremblait, un des bourreaux lui cria :
Tu trembles. C'est de froid et non de peur, lui
répondit Bailly.

En 1794, clôture de la fameuse société des
Jacobins. Chassés de leur salle par les jeunes
gens du Palais-Royal, autorisés par les comités
réunis de la Convention, le représentant Le-
gendre ferme la porte, emporte la clef au comité,
et ce lieu, si fameux depuis 1792, fut destiné
dès ce moment à faire le marché au poisson et
à la volaille, ouvert, en 1807, sous le nom
de marché des Jacobins.

En 1801, départ de l'expédition pour faire
rentrer Saint-Domingue sous l'autorité de la
mère patrie.

13 En 1793, l'ex-ministre Roland se donne la mort
sur la route de Paris à Rouen.

En 1794, la Convention confirme l'arrêté
de ses quatre comités, pour la fermeture de la
salle des Jacobins.

En 1799, beaucoup de personnes, dont la
conduite est suspecte, sont arrêtées, entre autres
le général Santerre. La loi des otages est rapportée.

14 En 1791, Pétion est nommé maire de Paris.

En 1794, rapport de la loi qui ordonnait
le paiement des contributions en nature.

En 1801, arrêté contenant l'organisation de la garde consulaire ; elle sera commandée par quatre officiers-généraux ; un gouverneur sera chargé de l'ordre et de la police du gouvernement.

15 En 1789, décret pour la conservation des bibliothèques et manuscrits des monastères et des chapitres.

En 1792, l'armée française fait son entrée à Bruxelles et à Francfort, sous la conduite du général Dumourier. Les comédiens du théâtre de la République partent en poste, pour célébrer ce triomphe sur le théâtre de cette ville, comme on le célèbre à Paris.

En 1793, défaite des Vendéens sous les murs de Grandville.

16 En 1790, premier massacre des blancs par les nègres, au quartier Dondon, à Saint-Domingue.

En 1793, la Convention décrète que tout prêtre marié ne sera sujet ni à la déportation, ni à la réclusion. Manuel, ci-devant procureur de la commune et député démissionnaire de la Convention après le jugement du Roi, est mis à mort par le tribunal révolutionnaire. Cussy, Gilbert-des-Voisins et autres ont le même sort.

17 En 1793, le général Houchard, accusé par Robespierre d'avoir ménagé les Anglais, est mis à mort par le tribunal révolutionnaire.

En 1794, Carrier, député, Grandmaison et Pinard, membres du formidable comité révolutionnaire de Nantes, sont condamnés pour des crimes sans nombre. L'affaire des quatre-vingt-quatorze Nantais, mis en liberté après trois jours de débats, fit connaître celle-ci, où les accusés devinrent accusateurs.

18 En 1793, la Convention déclare aux puissances étrangères, que le peuple français sera terrible envers ses ennemis, généreux envers ses alliés, et juste envers tous les peuples. Le même jour, le conseil de la commune arrête qu'un commissaire, en bonnet rouge, conduira les morts à la sépulture.

En 1794, établissement des écoles primaires.

En 1796, célèbre bataille d'Arcole, gagnée par Bonaparte. Cette victoire décida, pour nous, du sort de l'Italie.

19 En 1792, la Convention promet fraternité et secours à tous les peuples qui voudront recouvrer la liberté.

En 1797, arrivée de Bonaparte à Rastadt ; il est chargé d'ouvrir les conférences du congrès.

En 1800, Audrin, ex-conventionnel et évêque de Quimper, est fusillé par des chouans, pour avoir, lui disent-ils, voté trois fois la mort du Roi.

En 1802, un arrêté des Consuls supprime

les listes locales d'émigrés formées dans les colonies.

20 En 1792, découverte, aux Tuileries, de papiers
cachés sous une porte de fer.

En 1794, la Convention, indignée de voir les
membres du comité révolutionnaire de Nantes,
complices de Carrier, mis en liberté par le tribunal révolutionnaire, dans sa séance du 17 du
présent mois, décrète que ce tribunal sera re-
nouvelé, et que Fouquier-Tainville, accusateur
public de ce même tribunal, sera mis en jugement.

21 En 1790, M. Duport-Dutertre, employé à la
mairie, est nommé garde des sceaux. Il entend
les officiers, qui allaient lui porter sa nomination, murmuerer de monter chez lui, à un
cinquième étage, par un escalier fort étroit, et
dans un appartement fort petit et très mal
meublé : « Vous comptez vos pas, messieurs,
« leur dit-il, et moi je n'attendais pas votre
« visite. » Il fut condamné à mort par le tribunal
révolutionnaire, étant accusé d'avoir servi la
cause du Roi, quoiqu'il eût été porté à cette place
par le peuple.

En 1791, un décret de l'Assemblée législative met la haute cour nationale en activité.

22 En 1796, victoire remportée près de Rivoli,
par l'armée d'Italie, sous la conduite de Bonaparte.

En 1799 , Taleyrand-Périgord est nommé ministre des relations extérieures.

En 1800, ouverture de la troisième session du Corps législatif. Le ministre de l'intérieur présente , au nom des Consuls , l'exposé de la situation de la République.

En 1802 , arrêté portant que l'épouse du Premier Consul aura, auprès d'elle , quatre dames pour faire les honneurs du palais.

23 En 1793 , un arrêté du conseil-général de la commune de Paris , qui est exécuté à l'instant, ordonne la fermeture de tous les temples et de toutes les églises. Le même jour, la Convention décrète des secours annuels aux prêtres qui renonceront à leur état.

En 1794 , elles sont rouvertes à la même époque, et le peuple religieux , ou avide de nouveauté , s'y porte en foule avec autant de zèle que de curiosité.

24 En 1792 , rapport préparatoire des pièces qui se sont trouvées aux Tuileries , en l'absence de Louis XVI , pour disposer les esprits à son jugement.

En 1798 , loi relative à la répartition, à l'assiette et au recouvrement de la contribution foncière générale.

En 1801 , Portalis , Berlier et Boulay (de la Meurthe) présentent, au Corps législatif , le premier projet de loi du Code civil.

25 En 1793, loi sur l'organisation du calendrier républicain ; dénomination et distribution des jours et des mois. L'Assemblée tenait tant à ce calendrier décimal, qu'elle voulut avoir des horloges décimales ; elle en fit placer une aux Tuileries, qui a été enlevée en 1807. Elle accorda des primes aux horlogers pour faire des montres décimales.

En 1794, la Convention met en accusation le député Carrier, pour les noyades et les autres atrocités qu'il a commises dans le département de la Loire-Inférieure.

En 1798, établissement d'une contribution sur les portes et fenêtres. Un arrêté des Consuls modifie la loi du 20 brumaire, relative à la déportation, et met sous la surveillance du ministre de la police les individus qui devaient être déportés.

En 1807, magnifique fête donnée à Paris à la garde impériale ; table de dix mille couverts aux Champs-Elisées. Illuminations, feu d'artifice et banquets sur les places publiques.

26 En 1791, le capucin Chabot, membre du Corps législatif, va se vanter, le soir, à la société des Frères et Amis, d'être entré chez le Roi le chapeau sur la tête.

En 1793, la Convention décrète que l'apothéose de Marat sera un jour de fête pour la République.

27 En 1789, suppression des étrennes aux personnes publiques.

En 1792, réunion de la Savoie à la France.

En 1799, loi relative aux obligations et cautionnements à fournir par les receveurs-généraux des départements ; ces sommes seront versées dans la caisse d'amortissement, destinée à l'extinction de la dette publique.

En 1802, les théâtres de l'Opéra, des Français, de Louvois, de Feydeau et de l'Opéra-Buffa, sont placés sous la surveillance d'un préfet du palais.

28 En 1800, les hostilités recommencent entre la France et l'Angleterre. M. de Cobentzel ne veut pas traiter de la paix pour sa cour sans la participation de l'Angleterre.

En 1802, Sedi Mustapha Arnout, envoyé du bey de Tunis, est admis à l'audience du Premier Consul ; il le félicite sur son élection à vie, et lui présente, au nom de son maître, des présents d'usage et dix chevaux arabes de très belle race.

29 En 1790, les seigneurs justiciers sont déchargés du sort des enfants trouvés ; l'Assemblée règle la manière dont il sera pourvu à la subsistance de ces orphelins.

En 1791, l'Assemblée envoie un message au Roi, et l'invite à donner des ordres contre les mouvements dont les émigrés menacent leur patrie, en intriguant contre elle dans les cours étrangères, pour allumer la guerre.

M.

En 1792 , suppression du tribunal du 10 août.

3o En 1789', l'île de Corse fait partie de la France ; elle ne formera qu'un département.

En 1795, une loi assimile les ci-devant nobles aux étrangers pour les droits politiques.

En 1796 , loi additionnelle à celle des patentes.

DÉCEMBRE.

1 EN 1790 , établissement d'un tribunal provisoire à Paris , pour juger seulement les affaires criminelles.

En 1793 , loi portant que la République rentre dans la propriété de tous les domaines de la couronne.

En 1795 , prise de Creuzenach par l'armée de Sambre-et-Meuse.

En 1797 , ratification du traité de paix avec le Pape.

En 1799 , organisation de la garde des Consuls ; le général Murat en est nommé commandant.

2 En 1792, une députation de la commune de Paris vient demander, à la Convention, qu'elle accélère le jugement de Louis Capet ; elle dit que demander s'il est jugeable , c'est un blasphème politique.

En 1793 , Chaumette fait adopter , par le conseil de la commune de Paris , un réquisitoire en faveur de la liberté des cultes. Le même jour, reprise de Toulon sur les Anglais, par le général Dugommier. C'est là que Bonaparte , commandant l'artillerie, fit connaitre ses talents et son courage.

En 1797, traité secret, à Rastadt, entre Bonaparte et les plénipotentiaires de l'Empereur.

Nota. La série des évènements relatifs à Napoléon-le-Grand aurait rempli tout mon calendrier ; d'ailleurs, nous sommes témoins de ses hauts faits, et des monuments nous les retracent. Je me contenterai d'en indiquer sommairement les grands résultats.

En 1803, Napoléon, échappé à une conspiration, est appelé au trône par le peuple, au moment où Georges et les suppôts de l'Angleterre sont rayés du nombre des vivants ; la clémence de l'Empereur tempère la sévérité des lois, et plusieurs coupables implorent leur grace et l'obtiennent. Le 21 mars 1804, à la clôture du Code civil, le peuple, par reconnaissance, appelle Napoléon au trône. Pendant les votes, le 6 juin de la même année, le frère de Louis XVI proteste, à Varsovie, contre le vœu du peuple et du Sénat français. Napoléon a résolu de se faire sacrer à Paris, par le Pape Pie VII. Sa Sainteté arrive à Fontainebleau le dimanche 25 novembre. L'Empereur va à sa rencontre ;

ils s'embrassent. Napoléon monte le premier en voiture, fait asseoir le Pape à sa droite, et le 29 novembre ils arrivent tous deux à Paris, à huit heures du soir.

En 1804, Napoléon est sacré à Notre-Dame, et l'ère de l'Empire date de ce jour. Le lendemain, il écrit au roi d'Angleterre, pour lui demander la paix. On rejette ses propositions. Au mois de mars 1805, l'Empereur part pour être sacré roi d'Italie, et le Pape se rend à Rome. L'Empereur revient en août et se dispose à faire une descente en Angleterre. Au même instant l'Allemagne et la Russie coalisées nous déclarent la guerre, et la Prusse épie le moment de nous surprendre. Napoléon vole aux bords du Danube. Les Autrichiens fuient; tout cède aux efforts de nos braves; et la bataille d'Austerlitz, en 1805, termine cette glorieuse campagne, et semble nous promettre la paix. L'année suivante, la Prusse et la Russie recommencent de nouveau, à la même époque. En quinze jours le roi de Prusse n'a plus d'états. La Russie seule fait tête à l'orage. Enfin la paix est signée dans le commencement de l'été 1807, et le 15 août nous fêtons les préliminaires de cette paix avec l'Europe.

En 1807, nos armées fondent sur le Portugal; de grands projets sont prêts d'éclore; Gibraltar est menacé; l'Angleterre, reserrée dans ses îles.

M.

voit le trident des mers tomber de sa main, et
ne trouve plus de havre en Europe pour ses
vaisseaux.

3 En 1792, la Convention décrète que Louis XVI
sera jugé par elle.

En 1794, amnistie en faveur des Chouans et
Vendéens qui déposeront les armes.

En 1800, bataille de Hohenlinden, gagnée
sur les Autrichiens par l'armée française. L'ennemi perd, dans cette mémorable journée, une
grande quantité de canons. On lui fait dix mille
prisonniers, dont trois généraux.

4 1792, Robespierre propose, à la tribune de la
Convention, de condamner sur-le-champ le
Roi à mort, en vertu d'une insurrection. Le
même jour, Chambon, médecin, est nommé
maire de Paris.

En 1800, établissement d'une chambre
d'avoués auprès du tribunal de cassation, et
de chaque tribunal d'appel et de première
instance.

5 En 1792, peine de mort prononcée contre qui-
conque exportera des grains ou farines. Le même
jour, la Convention décrète que la statue de
Mirabeau sera voilée jusqu'au rapport qui sera
fait à ce sujet.

En 1793, établissement d'un gouvernement
provisoire et révolutionnaire, qui est confié au
comité de salut public. On fait fouiller les caves

de tous les particuliers pour la fabrication de la poudre et du salpêtre.

En 1794, établissement des écoles de santé à Paris, à Montpellier et à Strasbourg.

En 1802, lord Withworth, ambassadeur d'Angleterre, présente ses lettres de créance au Premier Consul.

6 En 1789, le châtelet instruit l'affaire du baron de Bézenval, accusé du crime de lèze nation dans les journées des 13 et 14 juillet de la présente année.

En 1792, la Convention décrète que Louis Capet sera traduit à la barre, pour y subir interrogatoire sur les crimes dont il est accusé.

En 1795, le tribunal révolutionnaire condamne à la peine de mort Rabaut (de Saint-Etienne) et Kersaint, députés à la première Assemblée constituante.

En 1797, arrivée à Paris des généraux Bonaparte et Berthier, porteurs du traité de Campo-Formio.

En 1802, le contre-amiral Latouche avec sa division se dirige sur le Port-au-Prince.

7 En 1789, la police prend des moyens de répression contre les filous qui se mettent sur le Pont-Neuf, en plein jour, et arrachent aux passants leurs bijoux, sous le prétexte d'en faire des dons patriotiques à l'Assemblée nationale. Ce brigandage effréné jeta la consternation,

remplit les boutiques d'orfèvres de boucles et de bijoux achetés à vil prix. C'est de ce moment que vint la mode de porter des rubans à ses souliers, et de paraître en société dans ce négligé ; comme nos guerriers ont introduit, à leur retour, l'usage des petites guêtres et des bottes.

En 1791, les émigrés font répandre avec profusion une lettre de Catherine II à la noblesse française, où elle leur promet de les seconder pour défendre leurs droits et ceux du monarque.

En 1792, l'armée française entre dans la ville d'Aix-la-Chapelle.

En 1795, ratification de la paix entre la République française et le landgrave de Hesse-Cassel.

En 1798, déclaration de guerre de la République française au roi de Naples et de Sicile.

8 En 1793, madame Dubary, dernière maîtresse de Louis XV, est mise à mort par jugement du tribunal révolutionnaire. Aucune victime ne mourut avec autant de faiblesse que celle-ci ; en voyant la hache elle serrait le bourreau et criait, en se roidissant : Encore un moment, encore un moment.

9 En 1793, la Convention autorise les comités révolutionnaires à faire exécuter les mesures de sûreté à l'égard des individus qui ne seraient

pas expressément compris dans la classe des suspects. Le même jour, loi qui ordonne le séquestre des biens des pères et mères dont les enfants sont émigrés.

En 1794, loi qui ordonne le sursis à l'exécution de tous les décrets qui ont mis les citoyens hors la loi.

En 1800, arrêté qui charge les préfets de surveiller l'emploi et la perception des deniers public.

10 En 1793, loi portant que les atteintes à la liberté des cultes sont contraires à la loi.

En 1794, la Convention décrète que les soixante-six députés mis en arrestation le 3 octobre 1793, pour avoir protesté contre les journées des 31 mai et 2 juin, reprendront leurs places dans l'Assemblée. Le même jour, loi qui rapporte celle du 27 germinal an 2, qui expulsait de Paris et des places fortes les ex-nobles.

En 1800, l'armée française effectue le passage de l'Inn, sous le feu des batteries ennemies, et marchant de succès en succès, se trouve, le 29, n'être plus qu'à quelques lieues de Vienne.

11 En 1791, le directoire du département de la Seine invite le Roi à ne pas accepter le décret du 20 novembre sur les prêtres.

En 1792, Louis XVI paraît à la barre de la

Convention, accompagné du général Santerre. Il répond, d'un ton ferme et assuré, à toutes les interpellations qui lui sont faites.

En 1794, la Convention arrête que le comité de législation revisera les lois pénales et de circonstance , rendues sous la tyrannie de Robespierre, et qu'il fera un rapport sur celles qui devront être rapportées.

En 1795, emprunt de 600 millions sur les citoyens.

En 1802, arrêté concernant l'enseignement qui aura lieu dans les lycées, et leur police intérieure.

12 En 1791, l'adresse que le département de Paris venait de faire au Roi, pour le prier d'apposer son véto au décret contre les émigrés et les prêtres insermentés, jette la pomme de discorde dans l'Assemblée. Le même jour, huit mille citoyens, et le lendemain vingt mille autres signent la fameuse pétition pour le véto, tandis que les faubourgs, les sections et les départements se prononcent pour et contre le même décret. Ce choc d'opinions, de dangers et d'intérêts, occasionne le plus grand désordre dans la séance de ce jour , qui fit éclore le 20 juin et le 10 août.

En 1792 Chaumette , ci − devant maître d'école à Nevers, est nommé procureur de la commune de Paris. Ce personnage, aussi célèbre par son esprit naturel que par son ambition anarchique, ayant fait, en 1793, son fameux réquisitoire contre les suspects, protocole par lequel tout le monde se trouvait dans le cas d'être arrêté, fut lui-même incarcéré l'année suivante, avec les jeunes gens qu'il avait fait mettre en prison : comme il n'osait se montrer à personne, un détenu, accompagné de plusieurs autres, frappe à sa porte, et lui dit gravement : « Je suis suspect, tu es suspect, « il est suspect, nous sommes suspects, vous « êtes suspects, ils sont suspects. » Le lendemain, Chaumette fut guillotiné comme suspect d'athéisme.

Le même jour, Louis XVI demande pour défenseurs Tronchet et Target ; ce dernier, ci-devant avocat du clergé, refuse par crainte son ministère au Roi.

En 1795, le Directoire fait un emprunt de six cents millions en assignats sur les citoyens aisés. Ces six cents millions n'en représentaient pas un en numéraire.

En 1796, fondation de la République cisalpine.

13 En 1789, à Senlis, le nommé Billont, chassé du corps des arquebusiers, met une traînée de poudre dans sa maison et la fait sauter de dépit. Une partie de la garde nationale est foudroyée par l'explosion en allant faire bénir son drapeau.

En 1793, défaite des rebelles vendéens dans la ville du Mans, par les généraux Westermann et Marceau.

En 1797, Gibert-Desmolières, commissaire de la trésorerie, et Isidore Langlois, rédacteur du Messager du soir, condamnés à la déportation par la loi du 19 fructidor, sont conduits à Rochefort pour être embarqués.

En 1799, les commissions des deux Conseils et les Consuls provisoires Sieyes et Roger-Ducos, se rendent dans l'appartement du Consul Bonaparte, et signent la nouvelle constitution, par laquelle Bonaparte est nommé Premier Consul, Cambacérès second Consul, et Lebrun troisième Consul; ces deux derniers ayant seulement voix consultative.

14 En 1789, constitution, et formation des municipalités.

En 1792, monsieur de Malesherbes, ministre de l'intérieur au commencement du règne de Louis XVI, demande à le défendre en remplacement de monsieur Target. « J'ai été honoré, « dit-il, de la faveur du Roi pendant sa prospérité, je ne dois pas l'abandonner dans son « malheur. » La Convention lui accorde sa demande.

En 1793, le duc du Châtelet, colonel des Gardes-Françaises, est mis à mort par jugement du tribunal révolutionnaire.

15 En 1791, l'Assemblée législative passe la nuit
à interroger des prévenus d'embauchage pour
les émigrés ; trois individus font des dénonciations importantes. Le Roi se rend à l'Assemblée,
y développe sa conduite, parle contre les agitateurs, et termine ainsi son discours : « Je sens
« profondément qu'il est beau d'être roi d'un
« peuple libre. » Il sort au milieu des applaudissements, et l'orage paraît calmé.

En 1792, madame Olympe de Gouges demande
à défendre le Roi, détenu au Temple et mis en
accusation. La Convention passe à l'ordre du jour.

En 1797, loi sur la dette publique, tiers
consolidé.

En 1798, la corvette française la Bayonnaise,
revenant de déporter des prêtres à Cayenne,
livre un combat à l'abordage à la frégate anglaise l'Embuscade, qui avait quarante canons
contre vingt ; celle-ci est prise et amenée en
France.

En 1799, les Consuls proclament que la
Révolution est finie.

Le Corps législatifs rejette le premier projet
de loi du Code civil.

16 En 1792, un décret ordonne aux membres de
la famille des Bourbons, autres que ceux en-
fermés au Temple et le duc d'Orléans, de sortir
du territoire de la République française.

N

En 1799, organisation de l'école polytechnique.

17 En 1790, l'Assemblée nationale fait distribuer cinquante mille fusils à la garde nationale.

En 1798, l'armée française s'empare de la ville de Turin.

18 En 1790, l'Assemblée décrète le rachat des rentes foncières.

En 1801, traité de paix signé entre M. Dubois Tainville chargé d'affaires de la République française et le dey d'Alger.

19 En 1790, le Roi met son véto au décret contre les prêtres insermentés.

En 1792, la Convention permet à messieurs Tronchet et Malesherbes de s'adjoindre M. de Sèze pour défendre le Roi.

En 1795, Marie-Thérèse-Charlotte, fille de Louis XVI, part à quatre heures du matin de la prison du Temple, pour être conduite sur la frontière, et échangée avec les députés détenus et autres citoyens français.

20 En 1791, l'Assemblée législative délibérant sur la déclaration de guerre des puissances étrangères, déclare que la nation française renonce à entreprendre aucune guerre dans la vue de faire des conquêtes. Cette déclaration est envoyée au Roi, aux départements et aux armées.

En 1793, la Convention décrète l'instruction publique, et enjoint aux parents d'envoyer leurs enfants aux écoles du premier degré pour y sucer le lait républicain.

21 En 1789, création des assignats.

En 1797, le Corps législatif donne une magnifique fête à Bonaparte dans la galerie du Muséum ; le Directoire, les autorités constituées et les ministres sont invités à y prendre part.

En 1802, arrêté des Consuls relatif aux concessions de locaux pour l'établissement et la surveillance des écoles secondaires.

22 En 1792, la Convention décrète que pour être admis aux assemblées primaires il faudra prêter le serment à la liberté et à l'égalité.

En 1794, la Convention ordonne de surseoir à la vente des biens des parents des émigrés restés dans le sein de la République.

En 1801, le général Hédouville est plénipotentiaire nommé près l'empereur de Russie.

23 En 1793, la Convention informée que son décret du maximum a fait resserrer les denrées et augmenter la disette, le modifie en suspendant la peine de mort contre les accapareurs. Ce décret fut rendu sur les représentations faites aux deux comités, sur la latitude de la loi du maximum qui encourage les pillards en aug-

mentant la famine, la méfiance et le mécontentement.

24 En 1789, décret qui admet les non catholiques à toutes fonctions publiques; l'Assemblée se réserve par le même décret de statuer sur le sort des Juifs.

En 1800, le premier Consul se rendant à l'opéra avec un piquet de sa garde, manque d'être foudroyé par l'explosion d'un baril de poudre à canon placé à dessein par des malveillants; une partie de la rue Saint-Nicaise croula; cette journée est célèbre dans les annales du crime, sous le nom du trois nivôse.

25 En 1789, M. de Favras est arrêté.

En 1792, loi portant que l'on travaillera dans les bureaux les fêtes et dimanches.

En 1799, les Consuls et le Sénat conservateur entrent en fonction.

26 En 1789, Monsieur, frère du Roi, va à l'Hôtel de ville à l'occasion de M. de Favras arrêté la veille pour cause de conspiration, Monsieur prononce devant l'assemblée de la commune un discours tendant à se justifier des bruits de complicité répandus sur son compte.

En 1790, le Roi envoie à l'Assemblée son acceptation du décret sur la constitution civile du clergé.

En 1792, Louis paraît une deuxième fois à la barre, il parle après ses défenseurs.

En 1800, le Premier Consul écrit directement au roi d'Angleterre pour l'engager à mettre un terme aux horreurs de la guerre ; le 30 suivant réponse du lord Grenville à M. Talleyrand, ministre des relations extérieures ; il déclare que le Roi n'a pas jugé à propos de se départir de la forme usitée dans les négociations, et refuse d'écouter les propositions de paix.

27 En 1789, lettres-patentes du Roi pour prohiber la disposition de tous bénéfices, à l'exception des cures.

En 1790, cinquante-huit prêtres députés, ayant à leur tête le curé Grégoire, prêtent le serment voulu par la constitution du clergé, le citoyen Grégoire prononce un discours.

En 1793, Carrier commissaire de la Convention dans le département de la Loire-inférieure, annonce à l'Assemblée que Nantes est délivrée, que les républicains après avoir acculé les Vendéens aux bords de la Loire, les ont taillés en pièces, qu'ils en ont tué et fait noyer plus de trente mille.

En 1802, installation du grand juge ministre de la justice ; il assiste, à la tête du tribunal de cassation, à une messe célébrée par l'archevêque de Paris, dans la grande salle du Palais, dite des Libraires, et préside ensuite la séance du tribunal de cassation.

28 En 1791 , organisation , solde , armement et
et habillement des gardes nationales volontaires.

En 1794, l'Assemblée forme une commission
de 21 membres pour examiner la conduite des
anciens comités de salut public et de sûreté générale.

En 1801 , arrêté du gouvernement pour encourager la reconstruction de la place Bellecour
à Lyon.

29 En 1789 , les Génevois offrent un don patriotique
à l'Assemblée pour encourager le peuple français à poursuivre la conquête de sa liberté ,
l'Assemblée les remercie de leur intention ;
elle refuse le don qu'ils lui offrent , et dit que
l'honneur de faire des sacrifices à la patrie et à
la liberté n'appartient qu'aux citoyens nés en
France ou naturalisés français.

En 1797 , le palais de l'ambassadeur français
à Rome est investi par des attroupements révolutionnaires et par une force armée. L'ambassadeur Joseph Bonaparte sort accompagné du
général Duphot pour sommer la multitude de
se retirer , Duphot est assailli et tombe percé
de coups. Le lendemain Joseph Bonaparte quitte
Rome et se retire à Florence.

30 En 1797 , l'ambassadeur portugais M. d'Aranjo-
d'Azarédo est enfermé dans les prisons du
Temple.

En 1799, les Consuls arrètent que les restes du Pape Pie VI, laissés sans sépulture à Valence, seront inhumés avec les honneurs d'usage pour ceux de son rang.

31 En 1791 le tribunal du sixième arrondissement, séant à l'Abbaye Saint-Germain, prononce sur la validité de Manuel, ci-devant procureur de la commune.

En 1794, établissement et organisation d'écoles révolutionnaires pour la navigation et le commerce maritime.

En 1798, mort du général Montesquiou, général en chef de l'armée du midi en 1792.

En 1802, convocation du Corps législatif pour le premier ventôse an onze (20 septembre 1803.)

FIN.